ありがとうございません

檀　ふみ

幻冬舎文庫

ありがとうございません

はじめに

私は「書くこと」など、ちっとも好きではない。むしろ、嫌いかもしれない。

だから、逃げに逃げ回って、どうしても逃げ切れなかったものだけ、「書く」。

しかし、ときどき思うのである。本当に真剣に逃げていれば、こんなに頻繁に締切りがやってくるなんてこと、ないのではなかろうか。どこかに気のゆるみがあるから、文庫本なんてものまで出てしまうのではないだろうか。

「魔がさす」という瞬間は、確かにある。

「情にほだされる」ということも、たびたび起こる。

魔がさして、日本経済新聞の「プロムナード」というコラムを引き受け、情にほだされて、日経流通新聞の連載を始めた。それがいつの間にかたまって、一冊の本が生まれた。

人間の子供が生まれるときの状況と、ちょっと似ているかもしれない。

望んで産んだ子は一人もいないが、どの子も生まれてみると、やっぱり可愛い。

枕もとに置いて、飽かず眺める。なでる、さする、微笑む。

どの子も可愛いと言ったが、客観的に見れば、多少の出来不出来はある。

『ありがとうございません』という名のこの子は、私のお気に入りである。わが子にしては出来がいいと、少しくヒイキしている嫌いさえある。

話は変わるが、先日、姪の作文を読んで、笑ってしまった。

叔母のヒイキ目などではなく、それは、カナダのホームステイ体験を綴った学校の文集の中で光っていた。なぜ、ヒイキ目ではないと断言できるのかというと、もうひとつ笑ったのが、姪と同じ家にステイした同級生の作文だったからである。

「感動の涙」「驚きの連続」「最高の体験」……、幸せな思い出のオンパレードの中で、姪とその友だちは、「悲惨な体験」を縷々《るる》綴っていた。狭い家、愛想の悪いホスト・ファミリー、わがままな子供たち。九十九パーセントが感動して帰ってくるというが、私たちは一パーセントのはずれクジを引いたのだ！

文集に目を通しながら、私は考えた。感動を伝えるのは難しい。よっぽどの文章力が必要である。幸せよりも不幸せのほうが、共感を呼びやすいのではないだろうか。

「わが子にしては出来がいい」などと能天気に思えるのも、この本いっぱいに不幸せが詰まっているからかもしれない。

それでも、誰かをクスリとでも笑わすことができるなら、不幸せも甲斐があったと、私はほんのちょっぴり幸せになることだろう。

目次

I　ありがとうございません

II　心の支え

III　嫁入り前

Ⅳ　幸運な女たち

本文イラスト　南伸坊

I

ありがとうございません

ありがとうございません

「ありがとう」の代わりに「すみません」と言うことはできるが、「アイム・ソーリー」は「サンキュー」の代わりには使えない。

何年か前に、日英共同制作のドラマに出演して得た、英会話の基本重要事項である。

私と一緒に日本から参加した男優さんは、大変無口な人だった。その東洋的な容貌《ようぼう》と相まって、「ゴージャス」とか「ミステリアス」とか、あちらでなかなかの評判であった。

ある日、みんなで食堂のテーブルを囲んだ。ミスター・ミステリアスは愛煙家である。主演の女優さんが気をきかせて、隣のテーブルから灰皿を取って来て、ミスターの前にポンと置いた。あちらの女優さんが（こちらの女優さんもなのだが）、そういうふうに気を回すことは、非常に珍しい。

ミスター・ミステリアスはちょっと困ったような笑みを浮かべて、右手をあげ、ぼそっと

「アイム・ソーリー」と言った。

もちろん「すみません、ありがとう」と、言ったつもりだったのだろう。

しかし、主演女優の耳には「残念だ」とか、「遺憾である」としか聞こえなかったらしい。

「彼はたばこをやめたの？」「こんなことしちゃいけなかったの？」と、私に目顔で訊《き》いてくる。一瞬の後、彼がおいしそうにたばこをくゆらし始めたから、彼女はいっそうわけがわからない。

東洋の神秘は、こうしてますますミステリアスな存在になっていったのである。

さて、いま私が悩まされているのも、この、「ありがとう」と「すみません」の混乱である。今回の混乱は、英語ではなく日本語に起こった。「ありがとう」に「すみません」が混じって、「ありがとうございません」と言ってしまうのである。一回、二回ならご愛嬌《あいきょう》だが、たび重なってくるとさすがに笑えない。

最近、新幹線でこれをやった。

いつもスレスレで指定の列車に飛び乗る私だが、その日は珍しく早めに駅に着いていた。早く着いても何ができるわけではない。手持ちぶさたにあたりを見回していたら、出発のベルが鳴った。ベルが鳴ると走る。これはもう「刷り込み」である。「パブロフの犬」である。

私はベルと競うがごとく階段をかけ上り、一列車前の新幹線に飛び込んだ。

息を鎮めてから、車掌さんを探した。とびきり丁寧な言葉を選び、とびきり愛想のよい声で、どこに座ればよいかと尋ねた。

返ってきた答えは簡潔で、無愛想だった。

「あー、今日はもう、大阪までいっぱい」

答えがどんなに不本意なものであっても、答えてくれたことに対する礼を忘れてはいけない。しかし、「ありがとう……」と言っているうちに、うろんな感謝の心は宙をさまよい、いつの間にか「すみません」という言葉に取って代わられていた。「サンキュー」の意味あいが全然ない、完ぺきな「アイム・ソーリー」の「すみません」である。

してみると、「ありがとうございません」というのは、「ありがたくない」という心の正直な声のようだから、すわ、脳細胞の液状化かと、そう悩むこともないのだろうか。

写真館

「新しい免許証だよー」と、友だちが自慢げに、運転免許証をヒラヒラさせた。新免許証はクレジットカード大で五年間有効、いわゆるゴールド免許書である。友は無事故無違反の優良ドライバーなのだ。

私としては口惜《くちお》しくてならない。優良ドライバーではまったくないが、私だって一応無事故無違反の有資格者である。しかし昨年、「タッチの差」で、このゴールド免許書を逃してしまった。新制度導入は、ちょうど書き替えの時期を迎えていた私の誕生日の、翌日か翌々日だったのである。

「だけど、見てよ、この写真」と、友はそんな私を慰めるかのように言う。見ると、獅子舞《しし》いの「お獅子」のような態で、彼女が写っていた。

「ひどいと思わない？　五年もこれで通さなきゃなんないのよ。口の悪い夫さえ『これじゃ、あんまりだ』って同情してくれたわよ」

免許証の写真、パスポートの写真、各種証明書の写真……、大して人目にふれるものではないが、どう写っているかは、女にとってとても重要である。実力の一二〇％ぐらい出ている写真を使ったパスポートを持っていると、海外旅行のたびにホクホクとオマケの喜びを感じるものだ。

そう。私はパスポートの写真には凝る。いや、凝っていた、と言うほうが正しい。

もう一むかし以上も前のある日のこと、一軒の古い写真屋さんの前で、ふと足が止まった。パスポートの更新を間近に控えていたころである。どこかいい写真屋さんはないかと、街を歩くたびにウィンドーを覗《のぞ》き込んでいた。

足が止まったのは、ほの暗い店の奥で、世にも美しい女性が微笑んでいたからである。よく見ると、それは大きく引き伸ばされた栗原《くりはら》小巻《こまき》さんの写真だった。だいぶ前に撮られたのだろう。ふっくらした頰《ほお》は別人の面差しである。しかし、美しいには違いない。

ここは小巻さんのお気に入りの写真屋さんなのかな、そういえばＮＨＫの近くだものな……と、私はその大きなパネル写真に釣られて、なんの考えもなしにフラフラと店に入り、写真を撮ってもらった。

出来は素晴らしかった。そここに修整が施されているのか、実力の一二〇％どころか、二〇〇％で写っていた。その写真で作ったパスポートのおかげで、五年間、実に楽しい旅ができた。

五年後、新しいパスポートのために、再び同じ写真屋さんに向かった。

古い店構えはそのままだった。しかし、一歩店に入って、驚愕《きょうがく》した。微笑んでいるのは栗原小巻さんではなくて、私なのである。

「しまった」と思ったが、もう引き返せない。「いらっしゃいませ」と、店の主は相好を崩しているのだ。

それから、十年たつ。ダンフミの微笑みでは一人の女優も釣れないのか、その店にはいまだに私の写真が飾られているらしい。「ふっくらと若々しくて、まるで別人」と、先日店の前を通った知り合いが言っていた。

暗礁番号

現金を自由に持たせてもらえない。これは、私の大いなる悩みである。

高校生から仕事を始めた名残で、私の全収入はこのトシになっても当然のように母に掌握されており、私は千円亭主のごとく、母からお小遣いを貰《もら》っては細々とやりくりしている。どうでもいいと投げやりに思うときもあるが、大方はやっぱりどうでもよくない。

もちろん母は、私に不自由な思いをさせているなどとは、微塵《みじん》も思っていない。

「いくらいるの？　十分持ってらっしゃい」

と、ことあるごとに鷹揚《おうよう》に微笑む。

「そうねェ、三十万円ぐらい……」と、思い切って言うと、母は、ゆったりした笑みを崩さぬまま、三万円だけくれるのである。

銀行のキャッシュカードなるものを母からせしめたときは、だから、嬉《うれ》しいなんてものではなかった。私は喜び勇んで銀行に走った。

銀行に入るのなんて、何十年ぶりだろう。小学校のときに、貯金箱のお金を定期預金しに行って以来である。その定期ですら、いつのまにか母に召し上げられてしまった。

長い列に並ぶ。前の人の様子を研究する。カードを入れて、画面の指示通りにキーを打っていけば、お金が出てくる仕組みになっているらしい。まるで打出の小槌《こづち》ではないか。

いよいよ私の番になった。「お引き出し」というキーを押す。「カードをお入れください」という表示が出る。カードを入れる。まるで悪いことでもしているかのように、胸がドキドキと波打つ。さあ、いくら引き出そう。

すると、「暗証番号を押してください」という、新たな指示が出た。

「暗証番号」とは一体なんだろう。

まずは冷静に「取り消し」のボタンを押して、カードを回収する。カードをじっくり検分する。何やら数字が並んでいる。このどれかがその暗証番号なるものに違いない。

再びカードを入れて試してみると、果たせるかな、「金額を押してください」という、次なる指示が出た。はやる心を抑え、「三万円」と、まずは常識的な額を望んでみる。

しかし、そんな控えめな額であるのにもかかわらず、機械は母よりも深く考え込んでいる。

そして、「暗証番号が違います。もう一度はじめからやり直してください」という、冷たい答えをはじき出した。

もう一度やり直しても答えは同じことだった。私の後ろにはイライラした列ができ始めている。警備員さんが私のほうに寄ってきた。

「どうかしましたか?」

ここで怪しの者と思われてはかなわない。私は余裕たっぷりに微笑んで、カードを見せ、警備員さんに尋ねた。

「この暗証番号はいくつなんでしょう?」

母がお金を私の自由に任せないのは、こういった常識のなさを危ぶんでのことなのだろうか。今の私は暗証番号のなんたるかをハッキリと知っているが、たまに引き出そうとしても、その口座にはなぜかいつも残金が二、三万円ほどしかないのである。

本当の名前

小学校にあがるとき、父が名前の書き方を教えてくれた。「檀文子」と、父が書いた字をなぞって、私は自分の名前を覚えた。

「それ、おばちゃんの妄想じゃないの？」

と、疑うのはわが兄である。「おばちゃん」とは、どうやら私のことらしい。どちらが「上」という字でどちらが「下」という字か、どうしても覚えられぬ一年生の息子を抱えている身としては、世の中に、そんな賢い子がいることを認めたくないのであろう。

しかし、妄想でも粉飾でもなく、私は「檀文子」という字を、早い時期から書くことができた。そして、それが自分の本名ではないということを、長い間知らなかった。

本当の名前は「檀ふみ」である。中学校の入試を受けるときに、先生からそう教えられた。違う名前を書いては、試験に合格するわけないから、以来、正しい名前のほうを使うようになった。しかし、「ふみさん」という呼びかけには、なかなか馴染むことができなかった。

「檀」という名字が珍しいせいか、よく間違われる。「壇」と書かれるのが一番多い。永遠にそう思われても困るので、マスコミ関係には「ダンは木偏ですので」と一応訂正を試みることにしている。しかし、「申し訳ありませんでした！　二度とこのようなことのないように注意いたします！」と、平謝りに謝られたりすると、かえって恐縮してしまう。こちとら、自分自身の本名さえ長いこと知らずにいたのに。

私がなんとかしてもらいたいと思うのは、DANというローマ字表記である。まず、「デェーン」という発音が好きではない。そして、男だと勘違いされるのも面倒臭い。DANは、アメリカなどでは比較的ポピュラーな男の名前なので、「ミス・フミ・ダン」と予約を入れていても、いざホテルに行ってみると「ミスター・ダン・フミ」と登録されていることが、ままあるのだ。

あるとき、名案を思いついた。英国にはジョン・ダンという有名な詩人がいる。この人のスペルを借りればいいのではないか。DONNEの発音は、DANよりもずっと日本語に近くて、その辺も申し分ない。

イギリス旅行中、早速、その名前を使ってホテルの予約をした。もと貴族の館という、イギリスでもとびきり気取った格式あるホテルである。

首尾は上々だった。スペルも一回言っただけでサッと飲み込んでくれた。クレジットカードの番号を言うと、「それではご来臨をお待ちしております」という、とても丁寧な英語がかえってきた。これはいい。これからはこの名でいこう。そう思って受話器を置いた。

ほどなくして、電話がかかってきた。くだんのホテルからである。

「恐れながら、カード会社に確認したところ、その番号はお名前が違うというのですが」

そう言われてハッと気がついた。カードにはっきり「ＤＡＮ」と刻まれている。そういえばパスポートも「ＤＡＮ」である。しどろもどろで自分の名前のスペルを間違えた言い訳をしながら、この名も「檀ふみ」と同じく正式なのかと、悲しく思った。

大きなお世話

むかし、父の友だちのアメリカ人と九州を旅したことがあった。

羽田で航空券を買い、チェックインしようとしたら、カウンターの中から尋ねられた。

「失礼ですが、おいくつですか？」

アメリカ婦人の優しい顔が、たちまち険しくなった。口をへの字に歪《ゆが》めて、プイとわきのほうを向き、投げやりな調子で答えた。

「サンジュウロクサイ……」

そして搭乗券を手にすると、足早にカウンターから遠ざかりながら、吐き捨てるように言った。

「ホントニ、シツレイデス」

その婦人は父とほぼ同年配だった。どう見ても五十は下らなかった。大股でゲートに向かう婦人のあとを追いながら、私は二つの貴重な教訓を得たと思った。

一つ、女の人に年を訊《き》いてはいけない。

一つ、女が重ねてもいい年齢の上限は三十六である。

さて、そんな旅をしてから幾星霜、なんたることか私にもその上限の年がやってきてしまった。上限は上限であるから、私は以後自分の年を数えない。人に数えられるのも迷惑なので、生年も公表しない。

しかし悲しいことに、私の得た教訓は、いまだに世の常識にはなっていないらしい。

日本では何をするにも、年齢なのだ。

なぜビデオ店の会員になるのに、年を言わなくちゃならないのだろう。どうしてホテルに泊まるのに、生年月日がいるのだろう。歯の治療にまで年齢が必要か？

疑問は怒りになり、怒りは原体験へと向かう。飛行機に乗るときに年齢を言わなきゃならないのは、一体なぜなんだ。外国のチェックイン・カウンターで年を訊かれたことなど、一ぺんもないぞ。

「運送約款にあるんですね。船の時代の名残です」

と、航空会社に勤める友人は、私をなだめすかすように言う。

「どうしてやめないのよ？」

「やめろって言う人がいないんじゃないかなあ」

日本人は「年甲斐《としがい》」というものを大事にする。年を隠したり、年にこだわったりすることを潔しとしない。だから必要のないことも唯々諾々と申告してしまうのだ。文句を言う人がいなければ現状は永遠に変わらない。

先日、通関のために、二枚の税関申告書を書いた。何かの都合で、一枚は日本語の、もう一枚は英語の申告用紙を渡された。両方ともまったく同じ内容だったが、一カ所だけ違いがあった。日本語のほうには「年齢」という欄があったのだ。

こういう場合、アメリカ女性だったら「大きなお世話」と目をむくのだろうな、その違いがこの申告用紙に表れているのだろうなと、力なく思いつつ、正直に自分の年を記して、またどっと老け込んだような気がした。

二十年目の見合い

世の中には「さすらいの星」の下に生まれた人と、そうでない人がいる。私は典型的な「そうでない人」の部類で、生まれた土地を一ぺんも離れたことがない。

これは進取の気性に溢《あふ》れる芸能界では、かなり珍しいことらしい。新人のころは、身持ちのよい娘の代表のように思われ、感心された。「ほう、親御さんとご一緒？　あそこは静かでいいところだもんねえ……」という具合である。

三十の声を聞いたあたりから、心配され始めた。

「そりゃあなた、まず、家を出なくっちゃ」

今では、なかば呆《あき》れられている。

「あなた、もう、一生そこから出られないね」

別に「出たい」というわけではないが、仕事に行くのに一時間も二時間もかかるのには、うんざりしていた。実際、通うだけでヘトヘトになってしまう。都心に、小さくてもいいから泊まれるだけの空間を持てないものだろうか。

しかし、不動産屋さんというのはなんとなく入りにくい。「果報は寝て待て」、「待てば海路の日和あり」というのが私の哲学であるから、不便をかこちながらも、じっと何もせずに待っていた。

待ち続けて二十年。「果報」も「日和」もないうちにローンを組めなくなる年齢になってしまうと、やっと重い腰を上げて、友だちに信頼のできる不動産屋さんを紹介してもらったのは、昨年の春のことである。

部屋探しは「お見合い」に似ている。不動産屋さんは「仲人」のようなものだ。「あなたにピッタリの人がいる」と言われて胸を高鳴らせ、その場に赴き、やがて暗澹《あんたん》たる思いで帰らねばならなかった日々が、再び帰ってくる。「ダンさんの理想に近い」という部屋が、どんなに理想からかけ離れていたことだろう。釣り書と実物のなんと違うことよ。

「便利がよくて」、「静かで」、「眺望がよくて」、「日当たりもよくて」、「管理がよくて」、「なるべくなら広くて」……というような希望を小出しにしていたら、仲人からジロリとにらまれた。身の程を知れというのだろう。確かに「低予算」という、弱みはある。

十数軒見たころから、（もうないのだ）という絶望的な気分になってきた。仲人の熱意も、かなり冷めているような感じがする。

二十軒近く見て、ほとんどあきらめかけていたある日、ファックスで送られてきた案内に、胸がドクンと波打った。おそるおそる見に行ったら、たちまち恋に落ちた。そして三日後には、婚約ならぬ契約をしていた。

「ご縁ですね」と仲人は言う。部屋こそ違うが、そのマンションは一年前に初めて見に行ったところだったのだ。

「おめでとう」と、不動産屋さんを紹介してくれた友人が言った。

「部屋探しが趣味かと思い始めてたけど、本気で探してたのね」

もう一つの「縁」の方も、こんな具合に行かないものだろうか。

海馬《かいば》の問題

脳のどこかに「海馬」という部分があって、それが人間の記憶をつかさどっているという。私は、どうやらその「海馬」系が弱いらしい。

この間も、新幹線の切符をどこにやったかポッカリ忘れて大騒ぎになった。ボンヤリして……、というのならなんとか許せる。ボンヤリどころか私はしっかりしていた。なくしちゃいけないと思って、バッグのポケットに入れていたものを、わざわざ取り出して、どこか安全なところにと、しまい直したのだ。

それが一体どこだったか。

バッグを三回ひっくり返し、洋服のポケットというポケットを調べ、家中を捜索したが出てこない。おのが海馬の弱さを呪《のろ》いながら、再び切符を買った。一応、紛失証明書というのも貰《もら》ってきたが、切符が出てくるまで、そのしまい場所を覚えていられる自信は、毛頭ない。

それは海馬の問題ではなくてトシの問題だと、友人の精神科医は冷たく言う。このくらいの年齢になると記銘力が衰えるので、何かを覚えたいと思ったら、最低十五分はかけ、声に出す、紙に書く、人に言うなど、あらゆる手段を使って「覚える努力」をしなければならないんだそうだ。

もちろん年齢にも問題はあるだろうが、やはり私としては海馬を疑っている。というのも、この「覚えられない」というのは昔からの変わらぬ悩みだからだ。たとえば、人の顔や名前が覚えられない。とくに顔に関して絶望的で、いったん覚えたと思っても、髪型や服装が変わるとあっという間に振り出しに戻ってしまう。

これは、映画を観るときに大問題となる。まず、戦争ものがいけない。『ディア・ハンター』など、登場人物をやっと識別できるようになったと思ったら、いきなりみんな同じ戦闘服に丸坊主姿になってヴェトナムへ行ってしまったので、以後何がなんだかさっぱりわからなかった。ユニフォームというものがダメなのだ。『炎のランナー』も、みんなが同じ格好をして走るので、結局、誰《だれ》が勝ったのか知るために、もう一度見直さなくてはならなかった。

こんな私だから、本当に映画を楽しめるようになったのは、レンタル・ビデオのおかげと言ってもいい。ビデオだったら、わからなくなったら、巻き戻して何度でも確認できる。時には画像を静止させて、登場人物の特徴を探ることもできる。あるスパイ小説に、「いくら整形しても変装しても、耳だけは変えられない」とあったので、おもに役者さんの耳の形に着目することにしている。

こうして、観る映画は飛躍的に増えた。が、増えたら増えたでまた新たな悩みが生じた。いつもビデオ屋でたっぷり時間をかけてその日のお楽しみを選んでくるのだが、半分くらい観てから、はっと気づくことがあるのだ。

これはついこの間、観たばかりだった……と。

かわいそう

思いを寄せていた人に、動物園でのデートという提案を一蹴されて、大いなるショックを受けたことがある。

「だって、かわいそうでしょう、動物が……」

と、その人は言った。

世の中の自然保護運動の流れが、「鯨《くじら》」とともに「動物実験」や「毛皮」や「動物園」の方向にも及んでいるのを知ったのは、それから間もなくのことだった。

以後私は、彼への思いに操をたてて、オリに入れられた動物を見るたびに、「かわいそうにねェ」「故郷《おくに》に帰りたいでしょうにねェ」と、深い同情を寄せることにしている。

しかし、人間の心というのはままならぬもので、オタリアやイルカの芸というと、手を打って興じてしまう自分も、いまだにキッチリと存在しているのである。

オタリアはアシカの一種だという。小樽《おたる》の水族館で見た、このオタリアのショーが傑作だった。「オタリアの学校」で、三頭が算数と体育と音楽を学ぶのだが、それぞれにしっかり者、怠け者、おっちょこちょいを演じて、場内は爆笑の渦となる。

私はどちらかというとイルカ見たさに行ったのだが、オタリアに比べて、ジャンプと輪くぐり専門のイルカの単調さは否めない。おまけに、みそっかすみたいなのがいて、まじめに演じている三頭を尻目《しりめ》に、唯我独尊《ゆいがどくそん》といった趣でふうらりふうらり泳いでいたのも、印象を悪くした。

「でもイルカのほうがずーっと賢いんですよ」

と、調教師さんはおっしゃる。

賢いから簡単には餌《えさ》につられない。気にいらないことがあると何日でもハンストする。人の顔色を読む。すぐ気分を変える。

この日も五頭で演じるはずだったのに、一頭は出演を拒否、もう一頭もプールに出てきた段階でヘソをまげてしまったらしい。

オタリアは、恐ろしく食い意地が張っているので、食べたい一心で芸をするのだという。お話を伺っている最中、突然、水の中から私の足もとにドタッと身を投げてきたイルカがいた。大きな身体を死んだように横たえて、悲しそうな目でじっとこちらを見ている。

「かわいそうにねェ。おうちに帰りたいの」

と、ツルツルした顔を撫《な》でてやると、気持ちよさそうに目を閉じた。

「その子は来たばっかりで、ストレスがたまってるんですよ」

と、調教師さん。伊豆で捕獲されたのを、つい先日この水族館が引き取ったのだという。

「かわいそうですけどね、ウチに来られなければ結局肉になるところだったんだからと、割り切ることにしています」

この可愛いイルカも肉になるのかと、私は割り切れない。イルカの肉など金輪際口にするものかと、心に誓う。

しかし一方で、イルカよりももっと親しみを感じる馬や鯨の肉を、美味しいと思う自分もいるわけで、この辺のジレンマに私はいつもつきまとわれている。

向き不向き

世の中には、実によく気のきく人がいるかと思うと、蹴飛《けと》ばしたくなるほど気のきかない人もいる。気のきかない人にもきっと向いた職業はあると思うのだが（「女優」なんかはおススメ）、一体どうした勘違いか、ときどき驚くような不適材が不適所についていて、それがすべての不快の始まりになることがある。

たとえば、撮影の助監督などは、お願いだから気のきいた人にやっていただきたいと思う。「お待ちしておりました」と、先日、笑顔で私を出迎えてくれた若い助監督は、なかなか見どころがありそうだった。しかし、「さ、さ、こちらへどうぞ」と言うが早いか、私の大荷物には目もくれず、手ぶらでさっさと先に行ってしまう。折しも雨で、道はぬかるんでいた。身軽な彼は早々と軒下に入って、雨宿りよろしく私を待っている。何をモタモタしているんだろうという心のうちが、その顔にありありと現れていた。

もちろん、助監督は女優のカバン持ちではない。わがままな女優とて、そのことは重々承知している。しかし、なんとも割り切れない。なんとも不快である。

そして、そういった不快に、撮影の間中つきまとわれた。その助監督のやることなすこと、「気がきかない」という言葉で括られる。こちらの様子を見ていないのだ。いま何が必要かという、基本的な想像力が欠如しているのである。

「あなた、向いてない」と言いたかったが、賢明にもこらえ通した。名助監督が、そのまま名監督になれるとは限らない。いつどこで名監督となった彼と再会するか、わからないのである。

自分で言うのもなんだが、私は気が「きく」。しかし、私の気は、小さなところでクルクルと空回りし、大きなところではスッポリと抜けてしまうのだ。

いつだったか、青森のねぶた祭りの中で撮影したことがあった。

出番は早々に終わってしまい、「気のきく」私としては、何か撮影の役に立ちたいと思っていた。ふとスクリプター（記録）の女性に目がいった。台本にカメラに折りたたみ式の椅《い》子《す》、そしてテープレコーダーと、彼女の持ち物は多かった。

「持ってあげる」「いいわよ」「持ってあげるってば」「いいって」……

そんな押し問答の末、彼女はやっと小さなマイクだけ任せてくれた。

みんなで雑踏の中に入る。近くで見る山車《だし》は見事である。私はときどき我を忘れてうっとりと見とれてしまう。撮影隊を見失っては慌てて追い掛ける。躓《つまず》いたりもまれたりしているうちに、ようやく撮影も祭りも終わった。

大切な預かり物をどこかに落としてきたことに気づいたのは、そのときだった。

女優は余計な気は遣わないほうがいいと、よく言われる。遣っても裏目に出るだけだからだろうか。

練馬プロヴァンス

「いい人には三種類しかない」という名言を吐いたのは、若き日の秋吉久美子《あきよしくみこ》さんだった。すなわち、「都合のいい人」「調子のいい人」「どうでもいい人」。

十五年ほど前、家を新築した。

「いい木を使ってしっかり建てれば、三百年は持ちますよ」と、工務店の社長さんに力強く請け合われてのことである。その社長さんは、無口だが頼りがいがあって、秋吉さんの三種類とはまったく無縁の、素晴らしく「いい人」だった。

しかし家のほうは、三百年の限界までにはまだずいぶんあるというのに、早くもガタがきはじめた。

ガタというのは、思い出したようにポツリポツリとやってくるのではない。くるときは一ぺんにガタガタッとくる。ある日、風呂釜《ふろがま》がだめになった。かと思ったら、エアコンが漏電した。見るとあちこちで雨漏りしているらしく、壁紙に大きなシミができている。雨樋《あまどい》が落ちた。ベランダも一部陥没した。窓が開かない。窓が閉まらない。

頭の回線までショートしそうになったが、ふと、現存する世界最古の木造建築、法隆寺のことを思い出した。法隆寺が千三百年もの間、風雪に耐えられたのは、決してその工法が抜きんでていたからではない。三百年に一度の大改修、そして何十年かに一度の小改修をたゆまず続けてきたからだという。つまりはメンテナンスの勝利なのである。

そこで、わが家も小改修に取りかかることにした。まずはペンキを塗り替える。雨樋を掃除し、壊れたところを直す。寿命のきたガス、電気機器をチェックする。

ところが、すぐに難題にぶち当たってしまった。新築したときにはあんなにスムーズに運んだ工事が、改修となると遅々として進まないのである。

大工さんに電話する。とびきり忙しそうな様子だが、愛想は悪くない。「ハイハイ、いつうかがえばいいですか」と、お休みを犠牲にしてでも駆けつけてくれそうな気配である。

こちらとしては急に申し訳なくなる。ついつい「いつでもいいんですよ、お手のすいたときで……」なんて言ってしまう。

きっとこの瞬間から勝負は負けなのである。大工さんは待てど暮らせど来ない。電気屋さんも来ない。左官屋さんもペンキ屋さんも来ない。

私が「いい人」ぶった瞬間に、職人たちは「調子のいい人」となり、こちらを「都合のいい人」、「どうでもいい人」と見なしてしまうのかもしれない。

ベストセラーとなったピーター・メイルの『南仏プロヴァンスの12か月』にこんな一節があった。「プロヴァンスの家普請はさんざん待たされて忘れた頃」やってくる。「プロヴァンスでは時間の観念が実に幅広く、弾力的である」

こと改修に関しては、練馬も限りなくプロヴァンス風であることを私は知った。

しかし、とにかくエアコンだけは新しいものが入った。その幸運に感謝して、この夏をやりすごそう。

ホワイト・ライ

ホワイト・ライという英語を知ったのは、イギリス人と仕事をしたときだった。

婚約者を日本のロケにはべらせていた主演女優が、今度の休みには二人でどこかに一泊旅行したいと言い始めた。「どこがいいの」と訊《き》くと、「島がいい」と言う。

ちょうど、ロケ地からそんなに遠くない島で素敵な暮らしをしている知り合いがいたので、「英語かぁ……」と尻込《しりご》みするのを拝み倒して、泊めてもらう段取りをつけた。

ところが休みの直前になって、主演女優の気が変わった。「疲れたので、温泉があるところがいい」と言うのだ。私は青くなって電話に走り、行かれないと平謝りに謝った。

「なんて謝ったの?」と、女優が訊く。

「急遽《きゅうきょ》、撮影が入って行かれなくなりました。残念です。ごめんなさいって」

すると、女優がびっくりした顔をする。

「ウソついたのォ?」

とりなしてくれたのは婚約者だった。

「それは、ホワイト・ライだよ」

「ホワイト・ライ」、これで一件は落着した。辞書には「たわいない嘘」とあるその言葉だが、「たわいない」どころか相手をおもんぱかって仕方なくつく、大変、思慮分別のある嘘のことだと、そのとき実感した。

さて先日のことである。ある作家が浮かない顔をして飲んでいた。

訊けば、さる女優さんから詫《わ》び状を貰ったとのこと。女優さん、その作家の小説をドラマ化したものに出演した。それがいろいろな事情があってうまくいかなかったというのだ。

「せっかく、先生のたってのご希望と、プロデューサーから聞いて出演しましたのに」と、その詫び状は嘆いていた。

「ところがね、ボク、その女優さんの名前も知らなかったの」と、作家は溜《た》め息をついた。

そういう方便が、芸能界で横行しているのは困ったものである。それは決して「ホワイト・ライ」ではない。ちっとも相手をおもんぱかっていない、ご都合主義の、ただのケチな嘘だ。

私もいつだったか、「画伯がダンさんでなければと言うのですよ」という編集者の一言にほだされて、断りかけた対談を引き受けたことがある。その画家のことをほとんど知らなかったので、一夜漬けの猛勉強をした。まあ、お相手が私のファンというのだもの、気を遣ってくれるのは向こうのほうだろう。

ところが、開口一番、画伯がおっしゃることには、

「ボクねえ、正直言って、アナタのことあんまり知らないの。だから、アナタが会いたいと言ってると聞いて、頭かかえちゃった」

茫然《ぼうぜん》自失の私は、編集者を横目でキッと睨《にら》んだが、もう後の祭りである。だまされた私が愚かなのだ。

しかし、大物が「是非に」と言っていると聞いて、むげに断れる人間がどれだけいるだろうか。実はみんな小心者なのだ。

仲立ちをする人間は正直であってほしい。絶対に嘘はついてほしくない。ついていいのは本物の「ホワイト・ライ」だけである。

お話し中

　原稿というのは相当なストレスになるので、引き受ける前はよくよく考える。逃げに逃げて、それでも逃げ切れなかったものだけ引き受ける。だから、締切りを（いわば未必の故意で）忘れたことはあっても、「引き受けた」という事実まで忘れることはなかった。少なくとも今までは絶対になかった。

　ところが、である。先日、非常に不可解な電話を妹が受けた。「お願いしていた原稿の締切りが過ぎていますが……」というのだった。

「お姉さん、『やらない』って言ってたよね、その原稿」

「うん、引き受けてない。絶対に引き受けてない。第一、その編集者と話した覚えもない」

　私は鼻息も荒く、雑誌社に電話した。いつも締切りの件ではいじめられてばかりの私なのだ。あちら側の科《とが》は、徹底的に糾弾してやる。

しかし、編集者の弁明には一点の曇りもなかった。

「はい、フミさんご本人が電話にお出になって、確かにお引き受けいただきました」

「ええ、このテーマでは書きにくいので、お父様のことを書かれるということでした」

母までが状況証拠を固めてくる。

「あら、あなたその人の電話に出たわよ。私が取り次いだんだもの」

妹の軽蔑《けいべつ》のまなざし。私は目の前が真っ暗である。近ごろ劣化著しい私の脳細胞だが、ここまでひどいとは思わなかった。

「心配することない。みーんなそうですよ」

と、慰めてくれたのは年下の男性である。

有能な広報マンである彼は、モーレツに忙しい（らしい）。年がら年中電話している。このごろは受話器を取らずにダイヤルできるので、片手でプッシュ、片手で別件の書類を繰ったりする。呼び出し音が鳴る寸暇も惜しんで、仕事する。すると、相手が出たとき、誰《だれ》に何の用事で電話したのか、わからなくなってしまうことがままあるという。

「だから大変、思い出すまでのツナギが……。とうとう思い出せずに終わっちゃうこともよくある」

そんな優しい言葉で、突然、過去が甦《よみがえ》った。

大むかしのことである。電話をかけようとして、ふとメモ帳に書きつけてあった電話番号が気になった。とってもよく知っている番号なのに、誰の番号か思い出せない。誰だろう。情けない。

こんなにもよく知っているということは、突然かけても失礼にならない間柄だろう。そう思って、電話して確かめてみることにした。

ところが相手は長いお話し中である。

時間をおいて、再びダイヤルする。まだお話し中である。イライラと通話音を聞きながら、ハッと気づいた。

なんだ、これはこの電話の番号ではないか。

要するに私は二十歳のむかしからこうだった。脳細胞の劣化は、昨日、今日に始まったことではないのである。ほっとするべきか、暗然とするべきか。

カレーライス

スタイリストというのは、センスのよさだけでは勝負できない。同時に気配り目配りが要求される、大変しんどい仕事である。

ある有名スタイリストは、アシスタントを選ぶとき、「カレーライスとサラダを作って、人をもてなそうと思います。その手順を書きなさい」という問題を出すという。

別に、料理のうまいアシスタントがほしいわけではない。カレーはレトルトでも構わない。

要は、知っていることをどう書くかなのだ。少し気のきいた子なら、ご飯を炊くタイミングや、テーブル・セッティングにまで言及するだろう。買い物、カレー、サラダ、セッティングと項目ごとに分けて、時間軸を使って説明する者もあるかもしれない。

料理ばかりに気を取られていないで、「人をもてなす」ことにどのくらい目線をやれるか。それがこの試験のポイントらしい。

ふと、そんなことを思い出したのは、つい先日、ピアニストの中村紘子《なかむらひろこ》さんのお宅のカレーパーティーにお呼ばれして、なんだか悲しくなってしまったからである。

「なんで悲しかったの、あなた中村さんのファンなんでしょう？　ご本も全部読んでるって言ってたじゃない」

と、友だちにはこの悲しみがわからない。

中村さんちのパーティーは素晴らしかった。お部屋はうっとりするほど美しかったし、いらしている方々も、この上なく上品な人たちばかりだった。カレーは、前夜から煮込んでいたという辛口のオックステール・カレーと、甘口の海老と茄子《なす》のカレーの二種類、タンドリーチキンに、サラダやデザートもたっぷり用意してあって、みーんな中村紘子さんのおいい手作りという。

このすべてが私には悲しい。

私の手料理はつとに評判が悪く、ことにその計量の慎重さ、にもかかわらぬ失敗の多さ、結果が出るまでのまだるっこさ等々で、しばしば化学実験にたとえられているのだ。

「私、中村紘子さんて、キライよ」

と、私は力なく呟《つぶや》いた。

「あんなになんでもかんでもできる人のそばにいると、『トモがみなわれよりえらく見ゆる日』になっちゃう」

電話の向こうから、慰めの言葉が聞こえる。

「よかったじゃない。『トモ』は私でさ」

ここで突然、私の思考がワープした。この頃《ごろ》しばしばコレが起こる。会話の途中で何を話しているのかわからなくなり、とんでもないことを口走ってしまうのだ。

「それでね、私、なーんもできない人っていうのもキライなの」

もちろん、ワープゆえの暴言である。その優しい友が「なーんもできない人」なわけではない。第一、彼女はカレーが得意なのである。

そう一生懸命言い繕《つくろ》ったのだが、友は気を悪くしたまま電話を切ったようだった。

私はどうあがいても、ピアニストにはなれない。スタイリストにも、良き友にもなれないらしい。

こだわり

「こだわりのチエ子」と呼ばれている友人がいる。あるとき、その友人の差し歯がポロリとはずれてしまった。割れたわけではない。取れただけである。その辺の歯医者につけてもらえばいいじゃないかと誰《だれ》もが言ったのだが、彼女はこだわった。強力接着剤で数日をしのぎ、休みに新幹線に乗って、東京から名古屋まで行った。学生時代、名古屋に住んでいたときに知り合った歯医者さんが、信の置ける唯一の人であったらしい。

「こだわりのチエ子」のいま現在の悩みは、長いつきあいのあった美容師さんが、美容院をやめてしまったことである。「どこかいいとこ知らない？」と、私に尋ねてきた。「どこかいいとこ」など、私は知らない。だから「どこでもいいんじゃない。この辺で」と、軽く、しかし正直に答えた。すると友はたちまち傷ついた顔をする。そして、「どうせ私なんか、どこでやっても大して変わらないでしょうよ」と、プイとそっぽを向いてしまうのである。

しかし、私に訊《き》くのが間違いというものである。私は十年一日のごとく同じ髪型の保守派だから、滅多に美容院に行かない。気を遣い、時間を使い、お金も使ったあげく、「こんなはずじゃなかった」という思いをしなきゃならないのが、どうしても解せないのだ。

私がこだわるのは、シャンプーと、そしてオマケのマッサージがあるかないかぐらいである。最高の贅沢《ぜいたく》とは、人にシャンプーをしてもらうこと。私はそう信じている。

というわけで、シャンプーのうまい美容院、オマケにマッサージがついている美容院なら、私はいくつか知っている。先日も、なんだか自分がヨレヨレの感じがしたので、そういった美容院に飛び込んだ。

店は結構込んでいた。女性週刊誌などあてがわれて、おとなしく待っていなければならないらしい。

しかし、あてがわれたのは女性週刊誌ではなかった。「この店をどうして知りましたか」「月に何回ぐらい美容院を利用しますか」「貴女が美容院に望むことは」という質問項目がズラリと並べられたアンケート用紙だった。

私はこの手のアンケートが大嫌いである。「よろしかったら」「お暇だったら」とおっしゃるが、シャンプーの順番を待つ身に、暇も暇でないもあるものか。我が身はいわば人質にとられたようなものである。断る権利があるのかどうか疑わしい。そうブツブツ思いつつ煩わしい質問に答えていけば、ますます不快になる。「貴女」のご住所、お名前、お電話番号、おまけにお年まで記入しなければならないのは、一体なぜなんだ。

不快は昂《こう》じ切って、バカ丁寧なシャンプーでも、特別サービスの肩もみをもってしてもおさまらない。

シャンプーとマッサージ以外にも、私が美容院に望むことがあるのに気づいた。ああいうアンケートで、客を煩わせないことである。

大女優への道

先日、化粧前で三田《み》《た》佳子《よしこ》さんから、「ふみちゃん、このごろやせたんじゃない?」と、声をかけられた。「ダイエットしたの?」

私が「ええ、まあ……」とうつむくと、三田さんは「したり」というように深く頷《うなず》かれて、ニッコリ笑った。

三田さんも、大河ドラマ『花の乱』に入ってすぐダイエットされたと聞いている。二十代の日野《ひの》富子《とみこ》を演じるために、専門書と首っ引きで五キロからの体重を落とした。

「今日のメニューは肉って決めて、ワクワクしながら計算すると、薄ーい肉っぺら一枚しか食べられないの。悲しくなっちゃうんだから」

しかし、そんな努力のかいあって、三田さんのうなじは少女のようにスッキリしている。

「女優は陰で人知れぬ努力をしてるのよ」と、三田さんは私に、戦友のような共感を抱かれたのかもしれない。

そんな三田さんには本当に申し訳ないのだが、私がやせたのはダイエットしたからではない。なんと、ダイエットをやめたからなのである。

ある日、台本を開くと、飲まず食わずで何日も旅を続け、「お腹がすいて、もう歩けませぬ」と言うシーンが出てきた。

大体からして、私の二重顎《あご》には問題がある。そこへ持ってきて、一緒に餓死寸前となる相手役の野村萬斎《のむらまんさい》さんは、針のように細い。

私は悲壮な覚悟をもって、ダイエットを始めることにした。

しかし、覚悟は易く、ダイエットは難し。

あろうことか、ダイエットすればするほど、私は太っていくのだ。

「ダイエット中だから」と、友だちの家で、出てきたケーキを遠慮する。すると「なに言ってるのよ。こんな小さいじゃないの！」と、友はムキになってそれを食べさせようとする。

私だって食べたい。食べちゃいけないと思うと、もう、死ぬほど食べたくなる。そこで、半分だけ食べる。ああ、なんて美味しいのだろう。

この飢餓感がいけないのだろうか。これしか食べられないとあまりにも切なく思うから、身体が危機感を覚えて、食べたものをそっくりそのまま脂肪にして蓄えようとするのだろうか。とにかく私は、本番までに三キロも太ってしまった。

さらに情けなかったのはそれからで、本番を終えてダイエットから解放された途端に、みるみる体重が落ちていくではないか。

私が、大女優になれないと、つくづく絶望的になるのは、こんなときである。

しかし友だちは、私は女優だからうまいやせかたを知っていると思い込んでいる。

「ねえ、どっかいいとこ、知らない?」

と、この間もある友人から訊かれた。

あんみつとケーキの間の箸《はし》休めと言って、彼女はポテトチップスをつまんでいた。

「いまさらダイエットだのエクササイズだの、苦しい思いしたくないからサ、楽してやせさせてくれるようなエステがいいんだけど、アタシ」

大女優になるためには、こういう友ときっぱり訣別《けつべつ》するところから、まず始めなければならないのかもしれない。

見栄の効用

お正月の間「食っちゃ寝」を続けていたら、天罰覿面《てきめん》、三キロも太ってしまった。忘年会太りの後の三キロ増だから、事態は深刻である。しかしだからといって、ダイエットはしたくない。愛欲と物欲に縁遠いいま、私と俗世を結ぶ絆《きずな》は食欲だけなのである。

先日、「体内脂肪を燃やすには早歩きが効果的」と聞いたので、以来、兄の犬を借りて散歩にこれ努めている。しかし、散歩の後、「脂肪を燃やした」という満足感と、心地好い空腹感から、普段の倍は食べてしまうので、まったくの逆効果のような気もしている。

「例のジムに行けばいいじゃない」と、友だちは口を揃《そろ》えて言う。「例のジム」とは、数年前に入会したスポーツクラブのことである。

まだバブルの名残があったころで、名門という言葉に釣られてつい出来心で入ってしまったが、入会金は実に数百万円の単位だった。

「信じられない！」と、誰《だれ》もが言った。そしてその後、その声は、消えるどころか日増しに大きくなっている。私が、入ったきり、まだ一ぺんも行っていないからである。

「なんでそんなもったいないことするのよ」

なんでだろう。

思うに、私は見栄っぱりなのである。体裁屋なのである。

たとえば、いっとき、ほっぺたにニキビの花が咲いたことがあった。ちょうど大河ドラマの収録中で、メークさんがしきりに気をもんだ。ニキビ専門のエステを紹介してくれて、「早く行きなさい」とさかんに勧めてくれた。しかし、私は行かなかった。でこぼこの素顔をさらすのが恥ずかしかったからである。もう少し、よくなってから行こうと思ったのだ。

スポーツクラブに行かないのも、同じ理由からである。体重や体力や体型が、白日のもとにさらされるのがイヤなのだ。行く前に、もう少しなんとかなっていたい。「体力は二十代ですね」なんて、言われてみたいではないか。

しかし、そうこう思って、グズグズためらっているうちに、スポーツクラブへの道のりはますます遠くなって行く。

友人から「ジャズダンスをやろう」と誘われているが、これも実行にいたらないうちに十年を数える。ジャズダンスには興味があるのだが、レオタードが関門なのだ。

「なんでよォ？」と、むしろレオタードを着たい友人が、最後通牒《さいごつうちょう》とばかりに、電話をかけてきた。

「だって、私ってさ、ホラ、よく引き締まったバストと、豊かなウエストの持ち主でしょう……」

するとと、彼女は大いなる誤解をしたらしいのだ。

「フン、意外と自信家なのね」と、深い溜《た》め息とともに、電話はカチャリと切れてしまった。

几帳面の宇宙

父と母の結婚がいけないのだと、毎回荷造りをするたびに思う。

どちらがどうとは言わないが、かたや几帳面《きちょうめん》で神経質、かたや豪胆、ひらたくいえば横着だった。そして不幸なことに、娘にはその相いれない性格が、複雑に絡み合ってしまったのである。

破綻《はたん》は必ず旅立ちのときに現れる。ギリギリまで荷造りを放っておく横着者が、ひとたびスーツケースを開くと、その中に限りない几帳面の宇宙を見いだす。つまり荷造りは永遠に終わらない。

一緒に旅をした友だちに呆れられたことがある。

「さっきからずーっと見てるけど、同じ物を入れたり出したりしてるだけじゃない」

この友だちは幸せにも、豪胆だけでできている人で、どんな長期の海外旅行でも荷造りは十五分という。

「この間なんか、寝坊しちゃって、五分ですべての物をつっこんだわよ」

「へーえ、忘れ物はなかったの？」

「歯ブラシ、忘れたかな」

私にはこの「完璧なる豪胆」が羨《うらや》ましい。私の「豪胆」は、旅行用の歯磨セットの置き場所をいつも忘れてしまうという、みみっちいものである。舌打ちしながら小一時間かけて家中を捜索して回る。

歯ブラシが見つかれば、今度はこれをどこに入れようかと、また小一時間ほど悩む。

（飛行機で使うから手荷物に入れよう）（イヤ、機内サービスでも貰《もら》えるから、スーツケースに入れよう）（行方不明になると困るから、化粧バッグに入れておこう）（すると、やっぱり手荷物か……）

かくして、歯ブラシを「入れたり、出したり」が始まる。

一事が万事、コレなのである。旅は過不足なく、したい。一つの忘れ物も、一つの余計な物も許せない。シャンプーは五回なら、五回分を量る。コットンもティッシュも枚数を計算する。そしてそれらが一分のスキもなく、ピチッと芸術的にスーツケースの中に納まっていなければ気が済まない。そうした芸術のための「入れたり出したり」も始まる。

普段「豪胆」つまりは「横着」で暮らしている人間が、突然そんなことをして、うまくいくわけがない。細心と大胆の狭間で夜はどんどん更けていく。そして、毎度徹夜と相成るのである。おかげで旅先の体調はいつもひどく悪い。

そんな私に、キャリー・サービスはまるで福音のように思えた。飛行機の時間を言うと、大抵その前日に荷物をピック・アップに来る。つまり、荷造りは前々日までには終わっているはずだ。前日は、ゆっくり休もう。

しかし、そうは問屋が卸さなかった。スーツケースを送り出しても、まだ手荷物が残っている。私の「几帳面」は手荷物の中にも限りない宇宙を発見したのである。

徹夜は、結局二日になった。

文明の力

二週間ほど、ニューヨークに行っていた。『運命の力』というオペラを観るために……、である。

そう書くだけでも十分異常な感じを与えているとは思うが、異常ぶりをもう少しいえば、私は実は二年ほど前から、プラシド・ドミンゴのファンクラブに入っている。

そのクラブの会長さんから、昨年、「ドミンゴが『運命の力』演《や》るんですよ、ニューヨークで！」と、教えられた。なんでもファンクラブの会員が、大挙してメトロポリタン歌劇場に結集するらしい。

オペラ入門編の私には、ヴェルディの『運命の力』がどれほど素晴らしいものなのか皆目見当がつかなかったが、「馬には乗ってみよ、人には添うてみよ」で、この際とことんオペラとつきあってみるのもいいかと、ニューヨーク行きを決めた。

というわけで、まったく仕事抜き、オペラ三昧《ざんまい》の二週間のはずだったが、なかなか思い描くようにはいかないものである。

出発までに原稿が書けなかった。イヤ、書かなかった。

こういう場合、十数年前までは、それこそ石にかじりついても書きあげて、成田で投函したりしていたものだったが、このごろはファックスという文明の利器がある。ついつい「ま、飛行機で書いてもいっか」と、怠け心に傾いてしまう。そして飛行機に乗れば、「ま、ホテルで書いても同じじか」と、グーグー寝てしまうのである。

ホテルに入って驚いた。なんと部屋に専用のファクシミリが置かれている。たちまち切迫感が失せていった。これだったら、わが家にいるより編集部に近いというものだ。

ちなみに、わが家のファックスは、長いこと壊れている。受信はできるのだが送信ができない。これは考えようによっては好都合なので、直しもせずに放ってある。

原稿の催促に、「あ、いま書いてるところなんですぅ」なんて言い逃れしても、「じゃ、書いた分だけでも、すぐ送ってください」と、脅されることもない。

しかし、好都合と不便は表裏一体であるらしい。できあがった原稿を持って、いちいちコンビニまで走らねばならないのは、さすがに面倒だった。

久し振りに壊れていないファックスを持ってみると、ひしひしと有り難みが身にしみる。

だが、いつでも送れると思うと、いつまでも書かないのが原稿というものである。それに、ファックスはあるのだけれど、ワープロがない。いつの間にか私は、ワープロなしには原稿が書けない人間になっていたのだ。

おかげで、原稿用紙とファックスを睨《にら》みながら、二週間の大半を鬱々《うつうつ》と過ごさねばならなかった。

『運命の力』を楽しむより、「文明の力」に翻弄《ほんろう》されたニューヨークの休日だった。

頭を打つ

いくつになっても初めての体験というのはするものである。

先日、犬との散歩中に自転車とぶつかって転び、頭と腰を打った。

転んだ本人はそれほどおおごととは思わなかったのだが、頭から血が流れていたので、誰《だれ》かが救急車を呼んだ。

救急車の音が聞こえて一番びっくりしたのは、当の本人である。それでは家族に犬を引き取りにきてもらわねばと、近くのコンビニに自分で電話をかけに行った。そのくらいしっかりしていた……と、思う。

だけど、なんとなく嬉しい。晴れがましい。救急車なんて初めての体験だからである。

「大丈夫ですかぁ。吐き気はしませんかぁ」

と、救急隊員が頭に包帯を巻きながら訊《き》く。

私といえば、この希少な体験をいかさでかと、初めてジェットコースターに乗る子供のように興奮している。

しかし、その興奮がまもなく気持ち悪さに変わった。救急車の乗り心地が最低なのだ。

とにかくベッドがガタガタ揺れる、揺れる。私は、頭を守るために寝ているとも座っているともつかない格好で、その揺れと闘わねばならない。おまけに車は私と反対の向きに進んで行く。「ピーポピーポ」サイレンの音が痛い頭にガンガン響く。

そんな中で、救急隊員は次々に問いかけてくる。

「大丈夫ですかぁ。お名前ちゃんと言えますかぁ」

「お年はわかりますかぁ」

こんなバカな質問をされるのも、すべては頭を打っているせいである。頭の中はなんともないんだということを示したくて、努めて冷静に答える。吐き気がしてきたが、これも頭を打ったからではないと、論理的に説明する。

ようやく着いた病院では、念のために二、三日入院しろと言われたが、原稿の締切りが心配だったので、強引に帰ってきた。

帰ったはいいが、頭が痛くて原稿を書くどころではない。一日中、床に伏せって悶々《もんもん》としていたら、夕方から辺りが騒がしくなってきた。

ワイドショーのリポーターがやってきているのだ。

なんでわかったんだろうと不審がると、夕刊に事故の記事が小さく載っているという。

事故に遭って救急車で運ばれると、例外なく警察に報告され、新聞記者の目にふれることになるのだそうだ。

記事を見て、私の頭は再び炸裂《さくれつ》した。ひた隠しに隠してきた私の実年齢が、容赦なく出ているではないか。それもこれも救急車の中でクソまじめに答えたからに違いない。

「こんなことなら、三十三歳って言っとくんだった！」

怒りまくる私に、心優しい友が「フッ」と微笑んで言った。

「よかったじゃない。そんなこと言ってたら、打ちどころが悪いって、病院から帰してもらえなかったわよ、きっと」

II

心の支え

プロ

この一年というもの、犬の世話に掛かり切りだった。

自分の犬ではない。隣に住んでいる兄が、子供の情操教育によかろうと飼い始めた、素性怪しきセッターである。

しかし、情操教育どころではなかった。まあ大変な犬なのだ。落ち着き絶無、運動量膨大、狩猟本能旺盛《おうせい》の、ターボエンジン搭載型なのである。

走る、引っ張る、切れる。朝夕二回の散歩で、兄が見る間にやせていくのがわかった。

兄の身を案じた私は、知的援助を試みることにした。犬のほうの情操教育を買って出たのである。

本を読み漁り、猛暑のさなか、連日汗だくの奮闘をした。その結果、「スワレ」も「フセ」も「マテ」も一応できるようになったが、恣意《しい》的もいいところで、猫の気配がするとたちまちプッツンと切れ、ターボエンジン全開となる。狩猟本能に劣らず、愛情表現も過激で、私はその熱烈キッスを受けて、前歯を（差し歯だったが）折ってしまった。

まさに粉骨砕身の半年を経て、ようやく一つの結論に達した。これはプロにお任せするよりほかにあるまい。

というわけで、週三回、家庭教師に来ていただくことになった。

その初日、私は泣いた。

この半年、私が毎日汗水たらしてやってきたことは、一体なんだったのだろう。

犬は、お仕えすべきご主人にやっと巡り合えましたとばかりに、うっとりと訓練士を見上げ、ピタッと歩調を合わせて歩き、「スワレ」と言われれば座り、「マテ」と言われれば待つ。あまつさえ、そこは「猫通り」と呼ばれる野良猫の溜《た》まり場なのに、そちらのほうには目もくれないのだ。

「いや、いい犬ですよ。名犬になりますよ」と、訓練後、プロが請け合った。

私はそこで自らを虚しくして、犬のために喜ぶ。そうか。手遅れにならないうちに、いい先生と出会ってよかった。

四カ月がたった。先生の前では、犬は「完璧《かんぺき》」である。「名犬」である。しかし、私が散歩させると、相変わらず、走る、引っ張る、切れる……。

だが、まだ訓練は途中なのだと、はやる心に言い聞かせる。やがて、人も羨《うらや》む名犬に仕上がるのだ。それが証拠に、犬の目に輝きが出てきた。表情が豊かになった。

先日、散歩の途中で、わが名犬よりも盛大に飼い主を引きずり回す、ラブラドール・リトリーバーを見掛けた。

ラブラドールといえば、盲導犬にもなる賢い犬の代表格である。ちゃんと訓練して、暗闇《くらやみ》から引き出してやらなきゃかわいそうと、飼い主と立ち話を始めて、目の前が真っ暗になってしまった。

なんと、その犬も同じ先生の教え子だというのだ。しかもすでに卒業を果たしており、先生の前ではやはり「完璧」ということであった。

気分の問題

友人がエステに行くと言い出した。

彼女は以前、ただで美顔コースを体験したことがある。

「そのあと会った人に、『どうしたの、今日、なんかきれいじゃない』って言われたの」

そういえばそんな嬉《うれ》しそうな報告を受けたことがあったが、私はいい加減に聞き流していたように思う。女というものは、往々にしてそういう誤解をしたがるものだ。エステなんて気分だけの問題。そうかたく信じていたからである。

しかし自腹を切ってまで行くというのなら、話は違ってくる。なんとなれば、彼女は私とおっつかっつのケチなのだ。実効のないものに、お金を払うとは到底思えない。

友だちだけきれいになる。これは私の一番嫌いな不幸のパターンである。

「私も一緒に行く！」と条件反射的に叫んでいたが、十秒後、料金を聞いてたちまちその気が失せた。一回、三万円というのである。オペラが観られる金額ではないか。エステなんてやっぱり「気分の問題」だ。

だがここで、私の肌が悲鳴をあげた。「オペラよりエステがいい」と言い出したのだ。デビューして間もなく、化粧品のコマーシャルに出演するために送られた、美容研究所での、ツルツル、スベスベ体験が、肌には忘れられないらしい。苦節二十年。ここらで、肌をねぎらってやってもいい頃《ころ》かもしれない。オペラを一回諦《あきら》めればいいだけのことだ。

というわけで、二十年ぶりのエステである。何もかもが、もの珍しく、新しい。なにしろ三万円なのである。豪華な個室、心地好い音楽、ピッカピカのバスローブ、ふんだんに使われる高級化粧品。すべてが贅沢《ぜいたく》で、すべてがもったいない。もったいないといえば、マッサージもそうである。ああ、こんなにもんでいただいて、申し訳ない。でも、気持ちがいい。

極上の一時間半が過ぎ、別室から出てきたくだんの友人と落ち合った。

「まぁ、おきれいになって」

「あなたこそ、やっぱり違うわぁ」

そんなお上手を言い合って別れた。もちろんお上手である。しかし、なんとなく本当にそんな気がしないでもない。

さて、「オペラを一回諦め」などと言ったが、どの「一回」にするか決めている訳ではない。実はその夜もオペラだった。

会場でオペラ友だちに会った。当然、こちらには聞きたい言葉がある。

「ね、私、いつもと違う感じがしない？」

「え？」と、友人は当惑顔である。

「なんか、きれいじゃない？」

「えっ……？」

私は業を煮やして言った。

「三万円のエステに行ってきたばかりなんだけど」

「えーっ！」

友はそう叫んだきり、用心深く黙り込んでしまった。

いろはの「い」

去年の秋、姪《めい》が「塾に行きたい」と言い出した。父親である兄は、なぜか渋い顔をした。

「お父さんがねェ、『塾に行かなければお小遣いあげる』って言うんだよ」

と、おかしそうに笑う姪の話を聞いて、叔母《おば》は少々腹を立てた。娘の向学心を親が摘んでどうする。

しかし、父親の妨害工作に屈することもなく、姪は無事、塾に通い出した。

数カ月後、わが家に遊びに来て、「オバチャン、勉強、教えてくれる?」と言う。

私はこの日を待っていた。小学校の勉強ほど私の得意なものはない。理科、算数、国語、なんでもこいである。何しろ私は、小学校だけは児童会長も務めた優等生だったのだ。

「いいわよ。なんでも訊《き》いてごらん」

姪は訊いた。

「地球から太陽までのきょりは何キロメートルですか」

私はお茶を噴き出しそうになった。

「太陽・月の直径は、地球の約何倍ですか」

理科はダメだと、私は即座に判断して、言った。

「社会やんなさい、社会！」

ところが、社会も、負けず劣らず手強いのである。

「山の字のつく県は、全部でいくつありますか」「海のない県は、いくつありますか」

姪はまだ四年生である。そんなもん、立派な大人になるのになんも必要ない。時間の無駄だ。脳細胞の浪費だ。

そう怒鳴りたい自分を、私は懸命に抑えた。向学心を摘むなと言ったのは一体だれだ。

しかし、パラパラとテキストをめくってみると、塾の勉強は最初から最後までそんな調子である。小学生の柔らかい頭を、こんなクイズ研究会の特訓みたいなことに使うのかと、しばし暗澹《あんたん》たる気持ちになってしまった。

だが、大手の進学塾は昔からこんなものだったかもしれないと、思い直す。そういえば、私も行ったことがあったではないか。

小学生のころ、友だちが日曜ごとに「そこ」に通っていると聞いて、面白そうだと、ある日ついて行ったのだった。

ところが「そこ」はちっとも面白くなかった。

まず、テストがあった。次の週は、答え合わせだった。その次の日曜日は再びテストと聞き、私はガッカリして、それきり行かなくなってしまった。

「そこ」で出た問題を、一つだけ覚えている。

「『いろはにほへと』の続きを書きなさい」というのだ。

私はそれまで、「いろは」に続きがあるなんて、思ってみたこともなかった。

それ以後の長きにわたる学校教育でも習った覚えがないから、もし、あのとき塾に行っていなかったら、「いろは四十七文字」を、私は永遠に知らずにいたのかもしれない。

そう考えると、塾もやはりないがしろにはできない。

墨と油

原稿を書くときの心構えとして、たった一言、亡き父から言い置かれたことがある。

「書くんなら、一所懸命書きなさい」というのだ。

この「一所懸命」というのが、難しい。何をどうすれば「一所懸命」であるのか、皆目見当がつかないのだ。

しかたなく、一応、字を丁寧に書くこと、字数を合わせることをもって（締切りを守ることは入っていない）、私の「一所懸命」とすることにした。だから、一つの原稿を、二度も、三度も清書する。一一五五字と言われれば、ピタリとその字数だけ書く。一行のでっぱりもひっこみもない。もちろんその文字は限りなく美しく、誤字脱字など一切許さない。

手書きで、この「一所懸命」をまっとうするのは、大変なことだった。ことに腱鞘炎《けんしょうえん》となってからは、なおさらである。

むかし、ほんの出来心で始めたワープロであるが、その有り難みが、いまさらながらひしひしと身にしみる。労せずして打ち出される美しい文字、字数合わせの楽なこと。

もちろん、いいことずくめではない。生来のケチゆえにいまだにグズグズと使っている旧型ワープロは、変換に恐ろしい難がある。「わたしたちって」と打って変換キーを押すと、「渡した散って」と出てきて、たちまち何を書こうとしていたかわからなくなってしまうのである。

だが、乱れる思考を押してなお余りある便利さが、ワープロにはある。とくに切り貼り自在の編集機能。

ある脚本家が、「ワープロなしで、むかしどうやって仕事をしていたかもう思い出せない」と言っていたが、シーンを入れ替えたり、カットしたり、手直しの多いドラマの制作現場では、なるほどいまや必需品であるに違いない。

しかし、あるとき、飛行機に乗り合わせた、さる高名な脚本家はワープロを持っていなかった。どんなに便利でも、制作現場の必需品でも、自分は一生使わないだろうとおっしゃる。

「だってね」と、そのかたは言葉を続けた。

「『シーン1　雨』って、書き始めるとするじゃない。ボクはその『雨』っていう字が気に入らないと何度でも書き直すんだ」

そして、自分でこれだと思う「雨」という字が書けたとき、初めて物語が動き出すのだという。

ワープロで書く原稿は「油絵」だ、言葉を幾重にも重ねて仕上げていくと、いつだったか曾野綾子《そのあやこ》さんがおっしゃっていたように思う。手書きの原稿は「墨絵」のようなものらしい。もはや「墨絵」は書けない私だが、ワープロに馴染《なじ》めば馴染むほど、何かとても大切なものを失いつつあるのではないかと、ふと不安に思うことがある。

遺伝子

私はつましい女であると、長いこと信じてきた。

なにしろ私には母から受け継いだ遺伝子がある。

私の母は、贅沢《ぜいたく》を一切受けつけない体質なのだ。

「タクシーを使いなさいよ」

と、いくらすすめても、「便利だから」と、どこへでも電車で出かけていく。千円しか違わないからと、気をきかせたつもりで、ホテルの眺めのいいほうの部屋を取っておくと、たちまち途方に暮れた顔をする。私が捨てたつもりの古着は、いつのまにか母の普段着、時にはよそゆきとなっている。

「お墓にお金を持って入ってもしょうがないんだからね」

と、口を酸っぱくして言うのだが、いつもあいまいに頷《うなず》くだけである。

先日も、せっかく七十歳になったのに、路線バスの無料パスがもらえないと、大きな溜め息をついていた。

「まだ税金を納めているからって言うのよ。なんで税金も納めて、バス料金も払わなきゃいけないのかしら」

そういう母の娘なのだ。つましくないわけがない。

ところがその確信が、このところ揺らいでいる。

どうも、私は贅沢が好きみたいなのである。ハイヤー、オペラ、ファーストクラス、最高級ホテル、三ツ星レストラン……母が「ああ、もったいない」と言うものを、泡のようにはかなく消えてしまう喜びを、こよなく愛しているらしいのだ。

それはそれで素敵だと思う。贅沢な女をまっとうできれば、こんなに格好いいことはない。

情けないのは、どうしても遺伝子の影響が出てきてしまうことである。

電車など乗らずにずっとハイヤーで通したい。通したいんだけど、やっぱり「時間が確実だから」とか「本が読めるから」とか言い訳して、結局は電車を使っている。そして、どうせ乗るならと、ついつい回数券なんてモノも買ってしまうのである。

たとえば、JRには山手線内均一回数券というのがある。これは十一枚綴《つづ》りで千六百円。山手線内だったら、どこまで乗っても一回百五十円足らずというお買い得である。もちろんたった一駅に使うものではない。池袋から浜松町という、最長、最高料金区間のときに、大いに利用するわけである。

ただ、問題なのは、最愛の浜松町駅を通るのは、たいていが空港の行き帰りだということである。

大荷物を抱えての電車の乗り換えはつらい。しかし、この機会に回数券を使わない手はない。というわけで、タクシーに乗りたいという心を抑えて、いつもゼイゼイ言いながら、階段を昇り降りすることになる。

そして、疲れ果てて家に辿《たど》り着いて、迎えに出てきた母に呆《あき》れられるのである。

「あら、どうしてタクシーで帰ってこなかったの」、と。

※山手線均一回数券は、いつの間にか発売されなくなってしまった。イオカードを買うたびに、この件を思い出し、腹を立てている今の私である。

ホテルとうどん

大阪でドラマを撮ることになった。

真っ白なシーツ、ピカピカに磨かれた鏡、洗いたてのタオル……。ホテル暮らしは嫌いではない。嫌いではないけれども、それが二カ月近くも続くなら、なにか楽しみを見いださなければと、まず思った。

大阪中のホテルを泊まり歩くというのはどうだろう。そして、ミシュランの調査員よろしくランクをつけていく。

しかし、収録も終わりに近づきつつあるいま、まったく大阪のホテル事情に詳しくなっていない自分がいる。私は調査員には向いていないのだ。

まだ、この世界にデビューしたばかりのころ、あるインタビューに答えて、「結婚＝たぬきうどん論」というのをぶちあげたことがある。

当時の私は、外食をしたことがほとんどなかった。そば屋に入ったことはあっても、もりそばと、ざるそばの区別ぐらいしかつかない。

そんなあるとき、誰《だれ》かが私のために、「たぬきうどん」なるものを頼んでくれた。

これが、なかなかイケた。なにしろ「もり」と「ざる」しか知らない身なのである。天かすがうどんの上にのっているだけで驚きなのだ。しかも、天かすとうどんが合うという、この意外性。

それからというもの、そば屋に入ると、バカの一つ覚えのように、たぬきうどんを注文するようになった。

ほかにも、いくらでも美味しいものはあるだろう。しかし、あえて危険はおかさない。

「たぬき」がまあまあということだけは確かなのだから。

という具合に、「たぬき」に固執し続けているうちに、ふと情けなくなった。私にとって、結婚もこんなものかもしれない。「まあまあ」のオトコと一緒になれば、「もっとほかに」と思いつつも、あえて危険をおかす勇気もなく、惰性で添い遂げるだろう。

話を戻そう。ホテルである。チェックインしたときは、確かに、次はどこに泊まろうと、あれこれ思い巡らしていた。しかし、部屋に入るなり心が揺らいだ。ベッドが羽毛布団だったのだ。私は羽毛布団に滅法弱い。次に、ルームサービスのメニューを開いて、もうよそに移る気をなくしていた。なんとここのサービスは二十四時間という。しかも、豊富な品数。

もちろん、難点もある。仕事場まで遠いし、道が込むことも多い。もっといいホテルが、どこかにある、きっとある……。

しかし、私は次の行動には出ない。多少の不便には目をつぶる。そして、豊富なメニューの中から、毎日、黙々と鴨《かも》うどんを選び続けるのだ。

たぬきから鴨へ。この二十年間で私が進化したことといえば、それくらいである。

心の支え

世界遺産を追ったドキュメンタリーで、屋久島を訪ねることになった。

「縄文杉までは、いらっしゃいませんよね」と、プロデューサーは、頭から私を除外して考えている。往復十時間も歩かなければならないのだ。

「行きます！」と、しかし、私は勇んで言った。

何年か前に梅原猛《うめはらたけし》さんが、「縄文杉に逢《あ》ってきた」と嬉しそうにおっしゃっていたのを覚えている。失礼ながら、梅原先生のお年で歩けるならば、私に歩けないはずがない。

しかし、甘かった。

トロッコ道を歩き始めて五分で、涙が出た。

あたりはまだ真っ暗である。その暗闇の奥深くから、ゴーッと川の流れる音が聞こえてくる。これから橋を渡るらしい。橋といっても欄干などない。枕木《まくらぎ》の上に幅二十センチくらいの板がわたしてあるだけである。その上を用心深く歩く。ひとつ間違えば、奈落《ならく》の底である。

こんな橋をいくつも渡らなきゃならないなんて、誰《だれ》も教えてくれなかった。

何度か泣きながら、それでも「梅原先生だって歩いたんだから」を心の支えに、十キロのトロッコ道をなんとか歩き通した。

途中、橋が落ちていて、迂回《うかい》したところがあった。迂回路は結構な山道である。

「トロッコ道が終わると、だらだらと登るって聞いたけど、このくらいの山道ですかぁ」

と、息を切らせながら訊《き》いてみた。すると、案内人が笑うのである。

「こんなの山道じゃありませんよ。縄文杉までの登りに比べたら、平ら、平ら」

そしてその言葉通り、険しい山道が私を待っていた。おまけに雪まで降り始めた。登れば登るほど雪深くなる。思わぬ雪山登山である。

「梅原先生がいらしたのは、夏だったろうな」とは思うけど、愚痴は言えない。カメラはもう回っているのだ。

屋久杉を見上げる私をカメラで狙《ねら》うと、どうしても鼻の下からのショットが多くなる。絶え間なく流れる鼻水が写る。しかし、そんなこと、もうどうでもいい。

「縄文杉」まではまだまだ遠いのだ。

「縄文杉」とは樹齢七千有余年といわれる一本の杉についた名前である。伐採されずに奇跡的に残ったのも、発見が遅かったのも、すべて山の奥にあったからである。

その奥の奥に辿《たど》り着いたときには、精も根も尽き果てていた。とうとう縄文サマにお逢いできたという感激よりも、下りの五時間を歩けるだろうかという心配のほうが大きい。

「本当に梅原先生も登ったのぉ」

と、思わず口にすると、また案内人が笑って言った。

「ああ、梅原先生が登ったのは、林道からの近道のほう」

それから、どうやって宿まで帰ったかは、覚えていない。

コンビニ

私は短縮言葉が嫌いである。嫌いだから、新しい言葉が出てくるたびに、抵抗を試みる。そして、人みな屈してのち、泣く泣く世に従う。

しかし、「コンビニ」と言ったのは、かなり世の中に先んじていた。十年近く前だったと思う。「階下《した》にコンビニエンス・ストアがあるから」という台詞《せりふ》が台本にあった。

「一言一句違わずに」というのが私のポリシーであるからその通り言ったら、監督から「コンビニ！」と怒鳴られた。「コンビニ」なんて言葉、聞いたこともない。そう言って闘ってはみたが、そこは監督と役者、身分が違う。最後は不承不承、監督に従った。

あれがすべての始まりだったような気がする。「コンビニエンス・ストア」が、「コンビニ」となって、世の中が、どんどんわからない方向に動き出した。

真夜中、妹がコンビニからお握りを買ってくる。

「ご飯が残ってるんだから、自分で握ればいいじゃない」

と言うと、

「コンビニのお握りは、おやつみたいなんだもん」

と、訳のわからない口答えをされる。

ある友人は、子供のお弁当がいる日は、カラのお弁当箱を持ってコンビニに走ると言う。

コンビニの前を通れば、茶髪の男女が駅のトイレよろしくしゃがみ込んでいる。あれで愛でも語らっているのだろうか……。まるで異星人を見るようである。

あるとき、小さな村でドラマのロケをすることになった。

その村なら行ったことがあると言うと、若いタレントさんが私に訊《き》いてきた。

「そこ、すっげぇ田舎ですか」

若い人の言う「田舎」の意味がわからない。

「すっげぇ田舎ってどんなの」

と、訊き返すと、

「そこ、コンビニありますか」

と言う。

「コンビニはないと思うけど、よろず屋さんみたいのならあったわよ」

そう答えると、異星人はたちまち深刻な顔をして、

「コンビニがないと、いろいろ不便じゃないですかぁ」

と、その星には空気がないようなことを言う。たった一週間ほどのロケである。なんでよろず屋では、コンビニの代わりにならないのか、オバサンにはわからない。

「必要なものは、持ってけばいいじゃない」

と、優しく、辛抱強くアドバイスしてあげると、かたわらで二人の会話を聞いていた中年の役者さんが吹き出した。

「そういう発想をするところが、オバサンなんだよな」

私はこのごろ、インベーダーに取り囲まれているような気がしている。

地球防衛軍の命運は危うい。

すべての始まりは、「コンビニ」だったのである。

ブルブル

タクシーに乗って、ドッコイショと座席にもたれたら、突然、お尻《しり》のあたりがブルブルと震えはじめた。

最近のタクシーにはマッサージ機がついているのかと、しばし感動する。でも、せっかくブルブルしてくれるんだったら、もうちょっと上のほうがいい。そう思って、少し腰を浮かしたら、振動はたちまち止《や》んでしまった。

スイッチらしきものは見当たらない。ひょっとしてお尻の圧力に反応するのだろうか。ためしに、お尻を数回上げ下げしてみる。はたせるかな、ブルブルという振動が再び始まった。

だが、ほどなくしてまたもや無言となる。

こわしてしまったのかしら。

急に不安になって、ごそごそとシートを手で探ってみた。

すると、出てきたのはマッサージ機ではなく、なんとポケベルである。

ケータイ、ポケベル、ミニゲーム機……、当世の三種の神器に、私は嫌悪というより憎悪さえ抱いている。何がイヤって、あの電子音がたまらない。

いつだったか、さる名門オーケストラのコンサートを聴きに行った。やっとの思いで手に入れたチケットは、なんとウン万円である。

しかし、その価値はあった。嵐《あらし》のようなクレッシェンド。やがて音の風は凪《な》ぎ、淡雪のようなピアニッシモとなる。聴衆からはしわぶきひとつ聞こえない。みんな、美しい音に酔い痴《し》れているのだ。

と、そのときである。客席から「ピピピ」とポケベルの音が聞こえた。そして、その瞬間、すべてがぶちこわしになってしまった。

電子音は「音の凶器」である。どんなに小さくても、ヒトの思考や平和を乱す。

その点、「ブルブル」には、持ち主のささやかなる配慮が感じられる。タクシーに置き忘れられたポケベルを眺めながら、私はだんだん持ち主が気の毒になってきた。

どこぞの営業マンではないだろうか。再々の呼び出しにも応えず、取引に大穴をあけたりしないだろうか。それとも事件記者か。はたまた重篤の患者を抱える医者か。

運転手さんも思案顔である。「イヤー、どうしたらいいですかねえ」

どうしたらいいか、私にもわからない。ポケベルなど、触ったこともないのだ。しかしこうしている間にも、事態は切迫しているのかもしれない。

焦って、でたらめにボタンを押してみる。すると、ふっと電話番号らしきものが出てきた。

「ケンジ……、ヨーコ……、ジュンペー……」、なんだろう、これは。

運転手さんが笑った。

「ああ、そういえば、さっき女子高校生を乗せたワ」

私はポケベルを運転手さんに渡して、キッパリと言った。

「コレ、捨ててください！」

山手線

万事、つつがなくモノゴトが運んでいるときに、人の善意を信じることはたやすい。

しかし、平らな道でひとたび躓くと、たちまち善き人々はみなイヤな人に、世の中は悪意にみちみちているように思えてくる。

先日、電車の網棚にバッグを置き忘れた。

「どのへん?」と、駅員サンがもう、なんだか面倒臭そうである。

「えーっと、えーっと、開いた扉の反対側の、えーっと」

懸命な私の説明も、冷たい声でさえぎられる。

「だから、どこって訊《き》いてんの。前から何両目の、前か、真ん中か、後ろか。進行方向、右か、左か」

その口調には、確かに悪意が感じられた。そう言っている間に、電車もバッグも、どんどん私から遠ざかって行ってしまうのだ。

普通の線での忘れ物なら、そう焦ることも悲観することもない。終点でゆっくり確認してもらえばいい。

ところが、テキは山手線なのである。ぐるぐる休まず回っているから、確認といってもほんの数十秒の停車中に、ちょこっと覗くぐらいのことしかできない。しかも、気がついたのが遅かったので、正確にどの電車に忘れたのか、特定できない。

一番悲しいのは、その、最悪の山手線に忘れたのが、これでなんと三度目であるということだった。過去二回、忘れ物は出てきていない。

はたして今回も、それらしいバッグはない……と、簡単に片付けられてしまった。

「出てきたら連絡しますから、そこに連絡先、書いといてください」

しかし、人はもう信じるものか。自力で捜すのだ。

山手線はぐるぐる回る。小一時間もすれば、同じ電車が戻ってくるはずだ。

ホームを行きつ戻りつし、十何分か前の記憶を手繰《たぐ》って、電車から降りた場所を見定めた。その位置に立って、到着した電車の網棚を、素早く覗き見る練習をする。電車が来るたびに、そうやって黙々と網棚確認術をきわめていたら、ホームの駅員サンも、同じように電車を覗いてくれるようになった。

そして、一時間がむなしく過ぎた。私は、あるわけないと、覚悟を決め始めていた。山手線とはそういう電車なのだ。バッグの中の、化粧品や、アクセサリー、下着、なくしては惜しいもの、困るもの、恥ずかしいもののことを思って、またまた悲しくなってきた。

しかし、そのときである。新たに入ってきた電車の網棚に、チラリと黒いものが見えた。人の頭かしら。いや、バッグである。私のバッグだ。

常にはない早業で、電車に飛び乗り、バッグをひっつかんで、今度は駆け降りる。駅員サンが、私を見て、にっこり頷《うなず》いた。

その瞬間、世の中は再び美しく、人々は善意に溢れ、山手線はいい電車となった。何しろ、終点まで確認に行く必要がないのだ。

とんでもない

まだ私が駆け出しのころ、顔も名前も知らない、学校の大先輩からお手紙をいただいた。私が、テレビで「食べれる」を連発して、母校の誉《ほま》れをおとしめたと、悲憤慷慨《ひふんこうがい》していらっしゃる。

「『られ、られ、られる、られる、られれ、られろ』。『生きれる』などという言葉を使ったら、芸能界では『生きられ』ません」

以後、心して、可能の助動詞「られる」を使うようになった。すなわち、「着られる、見られる、起きられる……」。

ところが、あにはからんや、気をつければつけるほど、生きるのが大変になっていく。世の中には、「ら抜き言葉」が氾濫《はんらん》しているのだ。

たとえば、雑誌の対談などで、私の言葉がすべて、「見れない」「来れない」と、「ら抜き」

にすり替えられていることがある。電話で訂正を求めると、「えーっ、『見れる』って言いませんかぁ?」と、若い編集者が不審の声をあげる。ここで、「られ、られ、られる」という活用を教えれば、煙たがられるのがオチだろう。

先日、台本を開いたら「とんでもございませぬ」という台詞《せりふ》が随所に使われていた。私は悩んだ。というのも、「『とんでもございません』という言葉はございません」というエッセイを読んだばかりなのである。阿川佐和子《あがわさわこ》さんが、お父上の阿川弘之《ひろゆき》さんから、口を酸っぱくして言われ続けていることだという。

撮影前夜、辞書を引いた。

▼(とんでもないの)「ない」は「たいそう……だ」の意。従って「とんでもあり(ござい)ません」は誤用。

と、ある。この場合の「ない」は、「有る無し」の「無い」ではなく、「せつない」「はしたない」などと同じ、意味を強調する接尾語なのだ。「せつありません」と言わないのと同様、「とんでもございません」とも言わない。

しかし、撮影の現場でそれをどう言い出すかが難しい。ただでさえ、私は理屈っぽい、小うるさい女優と思われているのだ。

悩んだ末に、「親の遺言で『とんでもございません』とは言えません」と切り出すことにした。「なぜ」と訊《き》かれたら、「せつない」「はしたない」を使って説明しよう。

しかし、監督は「あ、そう」と言ったきり、さらなる説明を求めようとしない。

結局真意は伝わらず、「とんでもないことでございます」とこだわったのは私だけで、ドラマ中に「とんでもございませぬ」が飛びかっていた。

六十を越した監督が違和感を覚えないのだ。世の大半の人が「とんでもござらぬ」を容認しているに違いない。

世に古びていくと、いろんなことが気になる。何かを知ったり、学んだりするたびに、そうした「気になること」が増えていくので、いっそのこと、知らないほうがいいのではないかと思うことさえある。

うるさーい！

「いらっしゃいませ。本日は○×タクシーをご利用いただきありがとうございます」

先日、タクシーに乗り込んだ途端に、そんな、甘ったるい女の声に歓迎を受けた。

オヤッと運転手を見れば、声とは裏腹のむくつけきオノコである。

ああ、そうか、録音アナウンスか。とうとう、こんな狭い空間まで侵し始めたかと、昨今の風潮を苦々しく思う。

「行く先は、はっきりと運転手にお告げください」と、世にも優しげな声で、録音は言うが、行く先を告げる間もあらばこそ、運転手は、ブインブインとアクセルを踏み込み、急発進、猛スピードで前へ前へと突き進むのだ。

その間、運転手からはひとことも発せられない。

やがて、けたたましくタイヤを軋《きし》ませて、車が止まった。

無言でメーターを指し示される。無言で釣り銭を渡される。無言でドアが開けられる。慇懃《いんぎん》なのは、録音された声だけである。

「本日はご乗車ありがとうございました。お忘れ物のないように、お降りください。またのご利用をお待ちしております」

解せない。不快である。

降りた途端に、そんな鬱陶《うっとう》しい気分に拍車がかかった。

ビルの車寄せからも、録音アナウンスがエンドレス・テープで流れているのである。

「こちら○○会館でございます。当館では入り口で入館証を拝見しております。なお、ご用のないかたの入館はかたくお断りいたします」

要するに「用なきものは去れ」と言っているわけだが、声というオブラートで、冷たさをくるんでいる。

幼児に話しかける若い保母さんのような、甘く優しく美しい声。近ごろ、この声がやたらと耳につく。

もちろん、目の不自由な人のために必要なことも多々あろう。だけど、ときどき本当に「うるさーい！」と思う。

たとえば、駅のホーム。

「6番線、××行きの電車が参ります。白線の内側まで下がってお待ちください」と、録音された音が聞こえたかと思うと、「ハイ、電車が来まーす！　下がって、下がって！」と、駅員ががなる。やがて、出発のアナウンス。ピンポンパンポンというチャイム。再び駅員のがなり声。笛……。

階段付近では、「エスカレーターにお乗りの際は……」という指示が、のべつ幕なしに聞こえている。

がなる声が悪いというのではない。テープの声よりも、よっぽど好ましい。

どんなに、甘く優しくても録音された声に、心はない。臨機応変の判断もできない。何度か聞くと、不快な雑音でしかなくなる。

そんな雑音が、あっちにもこっちにも蔓延《まんえん》している。

日本はなんてうるさい国なんだろうと、ときどき亡命したくなる。

オペラ狂騒曲

私はオペラを愛するオンナである。そして、オペラと同じくらい、悲喜劇と日々をともにしているオンナでもある。

去年、とても楽しみにしていた公演があった。黄金のテノールと呼ばれる歌手の、最後と噂《うわさ》されていた舞台である。

何カ月も前にチケットを手に入れ、万難を排して会場へと向かった。

途中、渋滞でヒヤヒヤさせられたが、どうにか十分ほど前には会場に辿《たど》り着けそうである。あと信号二つというところで、ふと、座席を確認しておこうという気になった。バッグの中から、チケットを取り出した。そしてその途端、身体中に鳥肌が立った。

チケットには、ＮＨＫホールとあるではないか。ＮＨＫは渋谷である。私はいましも、上野の文化会館に到着しようというところだったのだ。

オペラは幕が開いたら、泣こうがわめこうが、場内には入れてもらえない。遠くに響く音楽をむなしく感じながら、私はかたく誓っていた。同じ過ちは二度と繰り返すまい。

だから、パヴァロッティが出演する『トスカ』のチケットを、六万二千円で買った半年前から、私は緊張のしっぱなしだった。何度も、何度も、同じチケットを吟味する。間違いない。六月一日五時開演、NHKホールである。

私は五月二十九日から三日間、山の家で休日を過ごすことにしていた。三十一日の夜に東京に帰って、一日にはいよいよパヴァ様である。

ところが、三十一日の午後二時、非常に不可解な電話を受けた。一緒に行く予定の友人が、「今日の」チケットをまだ受け取っていないというのである。

「あら、明日でしょう?」

「いや、今日のはずですよ」

「だって一日でしょう?」

「今日が、その一日ですよ」

絶対にそんなはずはないと主張したのだが、押し問答の末、圧倒的な事実の前に屈伏した。

私は、一口すすっただけのクラムチャウダーを捨て、ドタバタと雨戸を締めて回り、後片付けもそこそこに、山の家をあとにした。

ギリギリで間に合うかもしれない。東京近郊のわが家で車をうっちゃり、駅まで走る。ホームでも、電車の中でも、降りてからも、走って、走って、あんなに走ったのは、大学の試験に遅刻しかけて以来である。

だが、汗みどろでNHKに到着したときには、すでに五時を十分回っていた。

「あ〜あ……」と、思わず倒れかけたら、もぎり嬢に叱咤《しった》された。

「急いでください！」

まだ間に合うというのだろうか。

恐る恐るホールに入ってみると、聴衆がみな、舞台と反対のほうを向いている。

皇太子ご夫妻のおなりで、開演が遅れていたのだ。

お二人のお姿が、あれほど神々しく見えたことはなかった。

（それにしても、五月三十一日は一体どこへ消えたのだろう）

お葬式

友だちのお父様が亡くなられた。「人生八十年」のいま、やり残されたことはたくさんあったろう。「パパは自分が死ぬなんて、ちっとも思っていなかったのよ」と、娘は目をしばたたかせた。

お葬式のために、久し振りに、懐かしい顔ぶれが揃《そろ》う。懐かしさゆえに、むかしのバカ話に花が咲きそうになるが、黒をまとった汝《な》が身と我が身を見て、神妙に口をつぐむ。

「むかしは、みんなが揃《つぶや》うのは決まって結婚式だったけどね……」

と、誰《だれ》かがポツンと呟いた。

それから一週間もたたぬうちに、また仲間うちで不幸があった。揃うのは同じ顔、同じ喪服。主客がちょっと替わっただけである。

前の週の「主」が、「お葬式って大変なのよ」と疲れ切った表情で言う。何が何だかわからぬうちに、葬儀屋さんの言うがままに、お金が右から左へと消えていくらしい。

「だってね、たった三回お経をあげただけで、お坊さんに四十五万円だって」

みんなが「暴利だ！」と、叫び声をあげる。「暴利」は結婚式でも同じだが、そちらのほうはじっくり考えて決められる。納得がいかなければ、結婚そのものをやめたっていいわけだ。しかし、お葬式は怒濤《どとう》のようにやってくるのである。

悲しみにボーッとしている頭に、矢継ぎばやに求められる決断。「みなさんそうしてます」

「そういうもんです」の一言で、あちらの思うがままになってしまうのだ。

「やっぱり撒骨葬《さんこつ》だね。海に撒《ま》いてもらうのが一番いい」と、一人が言い出す。

「そう、派手なお葬式なんかしないでさ」

しかし、撒骨にも商魂が入ってくる余地はある。

どの飛行機にしますか。同乗されますか。音楽付きはいかがです。お花も一緒に撒きましょうか。どこの海がいいですか。キラキラ光る珊瑚礁《さんごしょう》、鯨も遊ぶ南氷洋、それともヘドロの羽田沖？

「あーあ」と、誰ともなく大きな溜め息をつく。

「みんなが揃うのは、これからは、こういう憂鬱《ゆううつ》な場ばっかりなんだろうね」

「そうね、アンタたちの子供の結婚式まではね」

そう私が言い切ると、たちまち不服の声があがった。

「ダン、結婚しないのぉ?」

私は感動した。この期に及んでなお、私の結婚を夢みてくれている友人がいる。

よき友にニッコリ微笑みかけると、彼女の声が少しく熱気を帯びた。

「ダンの結婚式は芸能人がいっぱい来そうだから、アタシ楽しみにしてたのにぃ!」

呆然《ぼうぜん》とする私を尻目《しりめ》に、会話はどんどん厳粛なお葬式から離れ、いつの間にか、バカ声たてて笑う、喪服を着たオバサン軍団ができあがっていた。そして気がつくと、私もその一員となって、けたたましく笑っていたのである。

慣れとは、恐ろしい。

勉強になる

仕事がら、立派な博物館や美術館を歩いたり、日本の頭脳と呼ばれる人にお話を伺ったりすることがある。

「いいわね。勉強になって」

と、よく言われる。

ところが、まったく勉強になってなんかいない。

たとえば、『大英博物館』という大型番組に参加したことがあった。リポーターとして、二カ月近くも「叡智《えいち》の殿堂」に詰める。「こりゃ、勉強になる」と、私は唸《うな》った。

「女優で立ち行かなくなっても、大英博物館のガイドで食べていけますね」と言うと、「もちろんです」と、制作者もかたく請け合う。

ところがどうだろう。

だけだった。

三年後、母を連れて大英博を訪れたとき、辛うじて案内できたのは、ロゼッタ・ストーンだけだった。

それも、なにゆえにこの石がそんなにありがたいのか、どうしてこれほど人が群がるのか、肝心な点に答えられない。とっさに近くにお手洗いがあったことを思い出し、「ホラ、あそこがお手洗いよ。大英博は広い割にお手洗いが少ないの。入っておいたほうがいいわよ」と笑顔ですすめたのだが、母は娘に不信の眼差しを向けるばかりだった。

ナレーションなんてものも同じである。読んでも読んでも、ちっとも利口にならない。それが証拠に、鳥の生態を追った番組のナレーションを、イヤというほどやったが、鳥の名ひとつ覚えていない。

あれはなんていう鳥だろう。いま美しい声で啼《な》いた鳥はなんだろう。夏休み、山で過ごしながら、自分の蓄えのなさに、ほとほと愛想が尽きた。

その点、入念に調べて撮影する、ディレクターやカメラマンは違うだろう。そう思うと、ちょっぴり妬《ねた》ましい。

しかし、「忘れるのが商売です」と、彼らも胸を張って蓄積を否定するのだ。

「だけどね」と、ディレクターが、言った。

あるとき、彼の会社で『日本の野鳥』というビデオを作ることになった。長年、自然を撮影してきた膨大なビデオの中から、鳥の部分だけ抜き出し、集大成する。

そして、鳥の名を調べ、テロップを打つ。

「それまで、茶髪で暴走族やってた、自然と無縁だったヤツがね、そのテロップ係を仰せつかったの」

入社してすぐのことだったそうである。元暴走族は、即刻、ビデオ室に缶詰になり、野鳥図鑑と首っ引きで過ごすことになった。

若者は、その一カ月の間に、四百以上の日本の野鳥をほとんど識別できるようになったという。いまではデートの最中に「あ、キビタキだ」なんて思わず口走って、ガールフレンドの目を白黒させてしまうらしい。

「いいわね、勉強になって」

と、スタジオの片隅にいたその若者を見やると、若者はありがたくもなさそうに下を向いていた。

情熱のあかし

「ダンさんは、皇太子妃にだってなれる」

と、クラシックの師匠から太鼓判を捺《お》された。

音楽的才能をほめられたわけではない。自慢じゃないが、私は絶望的な音痴である。三十年間、細々と習い続けているピアノで、いまだに「ネコふんじゃった」も弾けない。音楽的才能など、一切ないのだ。

しかるに、世の中には、音楽的才能とはまたまったく別の才能が、ある。

つまり私は、どんなに退屈な、長たらしい演奏を聴いても、絶対に「寝ない」。あくびひとつしない。私のクラシックの指南役である師匠は、その一点のみを評価してくれているのだ。かのダイアナ元皇太子妃でさえ、クラシック・コンサートでは、舟を漕《こ》いでいたという。

もちろん「寝ない」からといって、音楽を深く理解しているわけではない。愛しているわけでもない。正確にいうと、「寝」ているように見え「ない」だけなのである。

ま、それもそれで、才能ではあるかもしれない。

才能といえば、「長生きも才能のうち」と、世界最年長の現役指揮者、朝比奈隆《あさひなたかし》さんがおっしゃっていた（ような気がする）。

演劇界にも滝沢修《たきざわおさむ》さんという、九十一歳のバリバリの現役がいらっしゃる。先日、芝居の稽古《けいこ》に立ち会ったという人から、聞いた。

稽古中、若い役者があくびをした。稽古では、同じ場面が何回も繰り返されることがある。その場に出ていない者は、稽古場の片隅で、自分の出番をじっと待つ。そんな待っている間の出来事だった。

休憩時間に、御大《おんたい》がみんなを集めて、ポツリと言った。

「さっき、稽古中にあくびをしていた人がいたね。よくあくびなんかできるね。芝居に対する情熱がないのかね」

溢れるほどの情熱があっても、出るものは出る。凡人には、それがよくわかる。私も若いころは、「あくび、居眠り、ところきらわず」だった。あまりにそういう失敗が多いので、自然とごまかしかたが身についただけなのだ。

犬もあくびする。

それも訓練となると、いかにも「ヤレヤレ」といった調子で、「ホエーッ」と声まであげて、大口を開ける。

毎度毎度ソレなので、「もっとマジメにやれー」と、情けなく、苦々しく思っていたところ、「犬はみんなそうですよ」と、訓練士さんが慰めてくれた。あくびは不まじめの証拠ではなくて、緊張のしるしなのだそうだ。

ひょっとして、人間のあくびも、長すぎる緊張の所産なのかもしれない。

しかし、いずれにしても情熱のあかしではない。情熱を問われれば、犬も、若い役者さんも、あくびをしない私も、滝沢さんに頭を垂れるばかりである。

エネルギー問題

やっぱりなんといってもエネルギーである。世の中はエネルギーのある人が得をする仕組みになっている。エネルギーのない者は、「ああ、面倒臭い」「要するにお金を出せばいいんでしょう」と、一瞬の安逸のために、なけなしのお金をもなげうつことになるのだ。海外に出ると、この、国民性ともいうべきエネルギー不足を、思い知らされる。

ウィーンで大荷物を抱えてタクシーに乗った。運転手の愛想が実にいい。旅の終わりにこういう笑顔に出会うのは嬉しい。チップをはずもう。残っているシリングを全部渡したって惜しくない。

しかし、「いくら?」と訊《き》いて、返ってきた答えに、思わず頬がこわばった。あまりにも法外な料金だったのである。メーターの倍はついている。「そんなはずないでしょう」と抗議すると、ダダダと機関銃のような早口でまくしたててきた。英語がドイツ語になり、ドイツ語がなにやらわからない言葉になる。

ここで、「わかった、わかった」「払えばいいんでしょ」と面倒を避けたがるのが、私の日本人的な弱さである。結局、手持ちのシリングを全部吐き出すことになった。「惜しくなかった」はずのお金が、突然「惜しく」なった。

帰国してほどなく、向こうで買った荷物が届いた。

「税金がかかります」と、配達員が当然のことのように言う。

そのとき私は、まだ布団の中だったが、「税金」と聞いて飛び起きた。海外から物を送るときは、必ず免税の手続きを取っているのに、毎度毎度、私の留守中に「税金」を持っていかれてしまう。今日はそうはいくものか。

「免税のはず」と、断固たる態度で「別送品申告書」を見せる。しかし、配達員は「私はただ徴収してこいと言われているだけで……」と、「いただくものは、いただく」姿勢を崩さない。

税金徴収のおおもとである外郵出張所に電話して、免税であることを確認する。配達員にそのわけを懇々と説明する。だが配達員は、どうあっても郵便局への忠誠を貫き通す決意らしい。しかたなく、郵便局にも電話した。すると驚くべきことに、郵便局員もこの世に「免税」という制度があることを知らないのだ。

「そういえば、『えーっ、税金がかかるの？』と、ときどき言われますけど、こういうことだったんですかねぇ」

と、帰りぎわに頭を掻《か》きながら配達員が呟いた。

海外での買物は、二十万円までは免税である。別送品がある場合は、そのむね申告する。しかし、せっかく手続きをしても、闘うエネルギーがなければ免税にはならない。どこかが、おかしい。

久しぶりにエネルギーを絞り出したら、どっと疲れた。

たっぷり税金四千五百円分は、くたびれた。

文学的記憶

本が一冊送られてきた。「一日も早くみなさまにお読みいただきたく、校正刷を特別製本して、刊行前にお届けします」というものである。「欧州版風と共に去りぬ」「現代フランスで最大のベストセラー！」、仮表紙には、そんな文字が躍っている。

『風と共に去りぬ』を初めて読んだ日の興奮を、再び味わえるなら、こんなに幸せなことはない。胸をときめかせて、その『青い自転車』なる本をひもといた。

面白い。確かに面白くて、やめられない。しかし、「えーっ、いいのォ？」という気持ちでもある。

筋立てが、『風と共に去りぬ』とまったく同じなのである。南北戦争を第二次世界大戦に、アメリカ南部の綿農園をボルドーの葡萄《ぶどう》畑に置き換えただけで、登場人物の個性も、エピソードもほとんど変わらない。こういうのは「翻案」というのではなかろうか。翻案どころか、

「盗作」といってもいいかもしれない。

　事実、盗作騒動があったようだ。マーガレット・ミッチェルの遺族から訴えられたのである。だが、「それは文学的記憶である」とする作者の主張が、最終的には通ったという。「文学的記憶」という言葉には、法律上、または学術上、字面《じづら》を超えた深い意味合いがあるのかもしれない。

　しかし、字面通りに「文学的記憶」という言葉を読むと、私は悲しい。私の「文学的記憶」は『風と共に去りぬ』で終わっているからである。「風……」を読んだ中学三年生以降は、「文学的記憶障害」といっていい。どんなに感動しても、三日たつと主人公の名前を忘れる。三カ月たつと内容を、三年たつと読んだことさえ忘れてしまう。

　バルザックに『従妹ベット』という小説がある。この本が長いこと気になっていた。

　小学生のとき、題名にひかれて借りたのはいいが、読み通せなかったからである。

　父が眉《まゆ》をひそめて、呟《つぶや》いた言葉をよく覚えている。

「あなたたちの年ごろに読む小説かなぁ。ディケンズなんかが面白いと思うけどなぁ」

　私は意地になって読み抜こうとした。しかし、主人公のベットは可憐《かれん》な少女ではなく、海千山千のオバサンであった。たちまち気分をくじかれて本を投げ出した。

　以来、どんな「年ごろ」だったらいいのだろうと思い続けてきたが、去年、いまがまさに

「ベット」適齢期であることを知った。それから三カ月以上たってしまったので、どんな話だったかはもうウロ覚えだけれども、非常に面白かったのである。

だが先日、わけあって中学時代の日記を数十年ぶりに読み返していて、愕然《がくぜん》としてしまった。「『従妹ベット』読了」と書いてあるではないか。

「文学的記憶」力は、中学時代からなかったらしい。

説明書

いつぞや「ケータイは嫌いだ」と書いたが、ケータイを持っていないわけではない。持つには持っているが、よっぽどのことがない限り使わない。用がないときは、電源を切っている。

ときどき、「ケータイの番号、教えて」と言われる。

そのたびに「いつも切ってるから、なんの役にも立たないヨ」と、やんわり断るのだが、納得してもらえることが、少ない。「要するに、友だちじゃないってことネ」という傷ついた顔をされるので、しかたなく教える。

そして、しばらくすると、「いくらかけてもつながらないじゃないの!」と、必ず文句を言われる。ケータイをオンにしていない限り、友情とは保たれないものらしい。

「留守電機能というものがあるでしょう」とも言われる。

あるかもしれないが、使い方がわからない。

この間、待ち合わせの場所が見つけられず、どうしても電話を「受け」なければならない事態が生じた。

電源を入れてみると、「マナー」という、ついぞ見慣れぬ文字が表示されている。どこかよからぬところも一緒に押してしまったらしい。「マナー」とは一体なんだろう。

待ち合わせの時間は過ぎて行く。電話はかかってこない。だんだん不安になってきた。「マナー」とはひょっとして「留守電機能」のことなのかしらん。

なんとか解除しなければと、でたらめにボタンを押していたら、天の助けか「ヘルプ」という文字が出てきた。ボタン操作がわからないときは、この機能を使えばよいと誰《だれ》かから聞いたような気がする。早速スクロールボタンを押してみる。しかし、百回近く押し続けても、「マナー」の消し方は出てこない。

結局、「ダンフミ捜索隊」の出動で私は救助されたのだが、「マナー」の謎はいまだに解明されていない。

「多機能」と「説明書」。苦手である。

先ごろ、乾燥機を買った。取り付けも無事終わり、きれいに後片付けして、電気屋さんは帰って行った。

待ってましたとばかりに、洗濯物をいくつか放り込む。新品特有の小気味よい音を立てて、乾燥機が回り始める。

しかし、数分後、エラーを告げる盛大な音を発して、パタリと動きが止まってしまった。なんだろう。怖くて近寄れない。たまたま遊びに来ていた兄に、見に行ってもらう。まもなく、兄が呆れ切った顔で戻ってきた。ヨレヨレのビニール袋と、湿気を含んでボロボロになった取り扱い説明書を、私に突きつけて、言う。

「お前って、豪胆だなあ。説明書も読まずに、機械を使い始めるのかよ」

相変わらず説明書は読めない。しかし新しい機械を使うときは、まず説明書のありかだけは改めるようになった。

III

嫁入り前

万歩計

「万歩計」をつけ始めたのは寂しかったからである。

今年の誕生日は名古屋で迎えた。ドラマの収録のために二カ月以上もホテル暮らしをしているのだ。

「おめでとう」のファックスがいくつか入った。心優しい友だちから花束や花籠《はなかご》が届いた。続いてホテルまでが、一輪の薔薇《ばら》とチョコレートという粋な計らいを見せてくれた。仕事先では、スタジオに思いがけず「ハッピー・バースデー」の音楽が流れ、二枚目の共演者から大きな花束を贈られた。

泣ける。上等である。文句を言ってはバチがあたる。

しかし、ホテルもNHKも、物的貢献はしても、人的貢献というものをしてくれるわけではない。

誕生日の夜、私は向かい合う人もなく、ひとりぼっちで食事した。

このところ、腱鞘炎と歯ソーノーローそして乾皮症に悩まされている。

知り合いによると、某老大家がまったく同じ悩みを抱えているのだそうだ。「乾皮症で痒《かゆ》い。歯が悪くて食えん。腱鞘炎で書けん」と、脇腹《わきばら》をボリボリ掻《か》きながらさかんにボヤいているのを、ついこの間耳にしたという。そういえばその御大、散歩が趣味と聞く。はたして、万歩計はつけていらっしゃるのだろうか。

万歩計によって、退屈な日常にほんのちょっぴりはりあいができた。

「近いほうがいいんじゃありませんか」と、さんざん薦められたホテルを断って、テレビ局まで遠いほうのホテルを選んだ。万歩計に少しでも歩数を刻むためである。エレベーターから遠く離れた部屋をあてがわれても溜め息はつかない。これでまた何十歩か稼げると、ありがたくさえ思う。大嫌いだった衣裳《いしよう》替えも厭《いと》わなくなった。スタジオと衣裳部屋を往復するたびに、万歩計がカシャカシャ動くのだ。

心寂しいときは、上着をめくってスカートのウエスト部分にはさんである万歩計を覗いてみる。少しだけ慰められるような気がする。

ただし、万歩計つき女優は歓迎されないもののようだ。

そぞろ歩きながら台詞を言うしっとりした場面では、録音サンが首を捻《ひね》る。

「何か変なノイズが入るんですが……」（私の万歩計は母のお下がりで旧式なのか結構な音がするのだ）

暑いからとジャケットを脱いで芝居をすると、衣裳さんがサッと寄ってくる。

「万歩計が見えてます」

何よりも、私が上着をめくって歩数を確かめニタリとするさまを見るたび、共演者が興醒《きょうざ》めしてしまうらしい。

「お願いだからその万歩計っていうのやめてくれない」と、二枚目から切々と言われた。

しかし、人的貢献がない限り、私はただひたすら万歩計のために歩く。お気に入りの靴を履きつぶし、足のタコを悪化させながらも、歩く。

だが、その大切な万歩計をなくしてしまった。トイレで腰を屈《かが》めてレバーを押した瞬間、ポタリと落としてしまったのである。グルグル回りながら消えていく万歩計を、私は悲しいような、ホッとしたような、複雑な気持ちで見送った。

いま、ホテルからテレビ局までの道のりが、果てしなく遠い。

愛してる

「桜田淳子《さくらだじゅんこ》さんも、統一教会で合同結婚式を希望」

このニュースを知らせてくれたのは、津島恵子《つしまけいこ》さんだった。津島さんと私は、ここ三カ月というものドラマで親子に扮《ふん》している。「ダンさんに教えてあげなきゃ……」、淳子さんの記者会見の模様をテレビで見て、真っ先にそう思ったとおっしゃる。三カ月も共演していると、そういった親心まで育つものらしい。

「淳子さんもねェ、誰《だれ》かいい人いなかったのかしらねェ」

淳子さんとはついこの間一緒にお仕事したばかりだとかで、親心はそちらのほうにまで及ぶ。そして、またすぐにこちらに返ってくる。

「ダンさんも、早くいい人が見つかるといいわねェ」

この三カ月の間に、出演者の一人が結婚した。お祝いにみんなで寄せ書きを贈った。

そのうちの一つがふるっていた。「奥さんに、毎日『愛してる』と……」というのである。悪いが思わず笑ってしまった。そう書いた役者さんにまったく似合わない。早速その言葉のわきに「本人はちゃんと言っとるのかね」と書き添えた。すると、「言ってますよォ、ちゃんと」という声がする。振り向くと、ご当人がことさらにまじめな顔をして立っている。

「ちゃんと言ってますよォ、愛してるって」

驚いた。イヤハヤ、驚いた。

桜田淳子さんの宣言にもびっくりしたが、「愛してる」にはひっくり返りそうになった。私は今の今まで、「愛してる」という言葉が現実に生きているなんて、考えてみたこともなかったのだ。

「アイ・ラブ・ユーの日本語は？」と、外国人から聞かれるたびに、「そういう言葉はありません」と断言してはばからなかった。もちろん「愛してる」という日本語があるのは知っている。しかしそれは書き言葉だと思っていた。まさか話し言葉ではあるまい。

しかし、「それはないんじゃないの、ダンさん」と、津島さんまでがおっしゃるではないか。

「『愛してる』って、普通に使うんじゃない？」

「じゃ、お言葉ですが、津島さんはご自分の人生において『愛してる』っておっしゃったことあります？」

「いえ、私はないけど……」

津島さんは笑ったきり、それ以上は答えてくださらなかった。

私の悩みがまた一つ増えた。

「恋の至極は忍ぶの恋」ではないのだろうか。言葉と言葉の間に、しぐさとしぐさの後ろに本当の思いが秘められている、それでこそ愛ではないのだろうか。

以前、「『愛してる』って言われてみたい」と呟いた友だちを、思い切り笑い飛ばしたことがあった。

「そーんなこと言われたら、私、疑っちゃう。『なにゆえに？』とか『いかように？』とか、訊き返したくなっちゃう」

「いいなァ」と、その話を聞いた演出家が言った。

「ドラマができるなァ。『愛してる』と言われて、『なにゆえに？』『いかように？』って訊き返して、どんどん婚期を逸しちゃう女の話」

男子厨房に入れば

ウーマン・リブという言葉も、ずいぶん古臭くなってしまった。この頃《ごろ》ではフェミニズムというらしい。

父が元気な頃は、ウーマン・リブの全盛だった。リブの闘士がさかんにテレビに出て演説をぶっていた。

あるとき、それを見ていた父がテレビに向かって雄叫《おたけ》びをあげた。

「ああ、どうぞどうぞ。あなたたちが外に出て稼いできてください。ワタシが家を守りましょう、だ」

その言葉を聞いて、母は心底ゾッとしたという。

「そりゃあ立派に守るだろうって思ったのよ。私なんかより、よっぽどうまくやるだろうと思ったの」

実際、父は料理がうまかった。料理に限らず、家事全般を驚くほど器用にこなした。フェミニストだったからでは、断じてない。

すべては、幼いころに母親に捨てられ、泣く泣く身につけた知恵だった。

その知恵に、母は泣かされた。おちおち外出することもできなかった。

「『はいはい、どうぞ行ってらっしゃい。ごゆっくりね』って言うのよ」

「で、帰ってみると、家はピカピカ、子供たちもきちんとしてるし、これ見よがしにせっせと働いてるの」

そんなときほど、我が身が空しく感じられたことはないと、母は言う。

『ママの転勤』というドラマを名古屋で撮っている。

夫と子供を残して単身赴任するワーキング・ママの話である。

「ガスもつけられないっていう旦那《だんな》サマが羨《うらや》ましかった」と母は言うが、いまやそういう時代ではない。単身赴任するのがどちらであろうと、ガスぐらいつけられなくっちゃ困る。本当に、困る。

しかし、そういう「困った人」でいっぱいなのが現実なのである。

そんな中、稀有《けう》な人に出会った。

「毎朝、ご飯を作ってます」とおっしゃる。パンではない。ちゃんとご飯を炊くのである。

お魚も焼く。お味噌汁も煮干しでダシを取る。

この方、NHKの名古屋局長。単身赴任一年目。

「いままで全部家内まかせだったんだけど、ま、いい機会だからやってみようかってね」

えらいッ。夫の鑑《かがみ》である。しかし待て。男の料理は、大抵、やりっぱなしで評判が悪いものなんだ。

「イヤ、ボクはね、作ってから食べて片付けるまでが食事だと思ってるんです」

朝起きたら、まずテレビをつける。ニュースを耳で追いながら、メニューを決め、手順を考え、テキパキと作っていく。食べ終えたらすぐに腰を上げ、チャッチャッと皿を洗う。

「思わぬ効用はネ、食事を終えて迎えの車が来るころまでには、完全に頭が冴《さ》えてること。だから、もう車の中からバリバリ仕事ができる。バンバン指示が出せる」

いいことずくめの朝ご飯作り。単身赴任を終えて、奥様のもとに帰っても続けられるのだろうか。

すると言下に答えが返ってきた。

「イヤ、そりゃあ、ないな」

奥様にとって、喜ばしいことか残念なことか、私にはわからない。

烏《う》骨《こつ》鶏《けい》

私はオスが嫌いである。

鈍感、単純、身勝手。なーんの役にも立ちゃしない（哺《ほ》乳《にゅう》類《るい》霊長目ヒト科ホモサピエンスはその限りではない。念のため）。

それにひきかえメスのけなげさ、愛情のこまやかさ、辛抱強さ。

コッコちゃんを飼ってやろうと思ったのも、メスだったからにほかならない。

三年前の夏のこと。突然わが庭に一羽のシャモが現れた。薄汚れ、痩《や》せさらばえていた。お尻《しり》は羽をむしられ丸裸だった。情けがかかった。せめて羽が生えてくるまで置いてやろうということになった。

すると、「コッコの恩返し」が始まった。毎日、卵を産む。さすがにメスである。「なんてけなげなんだろう」と、一同いたく感じ入り、産みたての卵を押しいただいた。

しかし、すぐに困ったことになった。卵を抱こうと、コッコが座り始めたのだ。もちろん卵などない。私たちがみんな食べてしまったからだ。

コッコのほうはそんな事情はまるでわからない。本能のおもむくままに何日でも座っている。雨が降っても風が吹いても座っている。

さすがにかわいそうになった。たまたま珍しい有精卵が手に入ったので、コッコに抱かせてやることにした。

やがてコッコの必死の祈りが天に通じる。一羽のヒヨコがかえった。

「どうしよう」と、私。

「烏骨鶏っていうのよ、コレ。天然記念物なんだから」と、動物愛護家の妹。

「卵は一個五百円もするんだって」

ヒヨコはなかなか顔を見せない。母親のお腹の下から、ピヨピヨと可愛い声がするばかりである。「ああいう、細心なところがメスだわね」「オスだったらノコノコ出てきて、すぐにカラスやネコにやられちゃうものね」と、慰めあった。

やがて大きくなって、姿を現し始めた。スネ毛がはえている。

「オスじゃないの」と、私。

「何言ってるの、烏骨鶏は羽毛が足元まであるのが特徴なの」と、妹。

そのうちトサカが出てきた。

「オスじゃないの」と、私。

「何言ってるの、メスにもトサカはあるの」と、妹。

突然、「コッコ、ケッコー」と素《す》っ頓狂《とんきょう》な声をあげた。

「オスじゃないの」と、私。

「何言ってるの、メスだって鳴くの」と、あくまでも妹。

その心優しい妹が、ある日、意気消沈して帰ってきた。デパートで、「世界のニワトリ展」を見てきたという。

「オスなのよ、あの子。メスだったら、トサカじゃなくてフワフワの毛冠があるの」

以来、カラスに捕られてほしいというのが、私の切なる願いになった。ネコでもいい。しかし、烏骨鶏のかたわらには、必ず育ての母コッコが控えている。シャモは闘鶏にも使われるくらいだから、強いのだ。

烏骨鶏は鳴く。昼夜構わず、近所迷惑も顧みず、気持ちよさそうに「ココ、ケッコー」と鳴く。鳴きだしたら止まらない。卵を産むわけでもない。芸をするわけでもない。

私は本当にオスが嫌いである。

汗

「女優さんは汗をかかないんですかねェ」

と、その先生はおっしゃった。

「ボクは汗かきでねェ……」

ともおっしゃった。

そうおっしゃるそばから、見る見る汗が吹き出す。

「本番！」の声が掛かった。

鬢《びん》から顎《あご》を伝い、首筋へと汗の玉が転がり落ちた。

カメラは回る。そのカメラの後ろから、紙に書かれた指示が何度も出る。

「汗をふいてください！」

そのたびに先生はポケットからハンカチを取り出し、顔を拭《ぬぐ》う。

暑い日だった。そよとも風が吹かぬ炎天下での「緑陰講座」。先生の薄い水色のワイシャツのえりもとが、やがて青に変わる。

しかしお話は変わらぬペースで続いている。「日本の進路を問う」というテーマで、鋭い提言が次々と飛び出す。大学の先生の思考は、暑さや汗に攪乱《かくらん》されるなんてことないのだろうか。

役者にとって、汗は大問題である。ドラマなどでは、真夏に冬のシーンを撮影したりすることがままある。この場合、絶対に許されないのが汗である。チラとでも光ろうものなら、ダダッとメイクさんが駆け寄って来て、親の仇《かたき》とばかりに粉をはたく。

何よりつらいのは夏の京都だと、ある役者さんから聞いた。

お笑い出身のその方、役者に転身を図ろうと、連続ものの時代劇に出演することにした。撮影は京都。

初めての夏、その暑さに驚いた。まさに油照り、息もできない。そのうえにカツラである。何枚重ねかの衣裳である。たちまち顔が汗でビッショリになった。すぐさまメイクさんが飛んで来て邪険に粉をはたいた。

「あーあ、これやさかい素人はんはイヤヤねェ。こーんなに汗かいてェー」

見回せば、時代劇のスターさんたちは誰も汗をかいていない。みな涼しそうな顔で椅子《いす》に座り、出番を待っている。ウワッとまた汗が吹き出した。

五年の京都通いが終わるころには、身体はどんなにグッショリでも、顔には汗を出さないようになったと、その役者さんは言った。

私も顔に汗をかかない。これがひそかな自慢だった。ところがその自慢の体質が変わった。このところ、鼻の頭に汗をかくのである。

どういうわけかと考えてみた。

今年の初めをオーストラリアで過ごした。向こうで芝居をするためである。こちらの冬は、あちらでは夏である。私がいたブリスベーンは、ことに蒸し暑かった。

その猛暑の中を、毎日三十分かけて稽古場まで歩いた。タクシーというものもあったのだが、向こうの役者さんは誰もそういう文明の利器を使わない。「郷に入っては郷に従え」で、しかたなく私も歩いた。

上り下りのある道を、汗みどろになりながら歩いて一カ月。そのうちに、汗の道筋ができてしまったのではないだろうか。

女優は汗をかかないのではない。女優は汗をかくようなことをしないだけなのだと、つくづく思った。

肉筆原稿

梅原猛さんとお会いした。

自分は大変な悪筆なのだと「自慢」なさる。「自嘲《じちょう》」とか「謙遜《けんそん》」ではない。「丹羽文雄《にわふみお》、石原慎太郎《いしはらしんたろう》と並ぶ三大悪筆」と、豪語なさるのだ（このお三方が本当に悪筆かどうか私は知らない。悪筆と達筆の微妙な違いもよくわからない）。

悪筆のせいではなく、あふれる思いに筆が追いつかなくなって、十年ほど前から口述筆記で原稿を書かれるようになった。二人の女性が交代で梅原センセイのおそばにはべり、ペンを走らせる。

喜んだのは編集者である。毎回美しい女文字（近ごろはワープロ）の原稿が手に入る。判読に頭を悩ませる必要もなくなった。

しかし、いくつかの出版社は「梅原猛の原稿解読の専門家」を擁していた。「書き直し」

のプロもいた。

「だから、ボクはどうも何人かを失業させちゃったらしいんだなァ」

と、梅原センセイは非常に申し訳なさそうだった。

考えさえキチンとまとまっていれば、口述筆記は自分で書くのとまったく変わらないとおっしゃる。

具合が悪いのは戯曲を書くときだそうだ。登場人物全員が梅原さんのもとに降りてこないと、いい戯曲にならない。自然、口述も芝居調になる。ますらおのときはますらお風に、たおやめのときはたおやめ風に言う。

一番困るのは濡れ場で、さすがに妙齢の美女の前では気がひける。

「あとでソッと書き加えておくことにしてる」と、梅原さんはおっしゃった。

私の父も、ときどき口述筆記に頼っていた。編集者を泣かせるほどの悪筆だったからではない。あふれる思いに筆が追いつかなかったわけでもない。小さいときに挫《くじ》いた親指が痺《しび》れるのだと、本人は言い訳していた。

父には妙齢の美人秘書なんてついていなかったから、そういう場合は母がペンを持った。

『リツ子・その愛』『その死』も、『火宅の人』も、ところどころは母の口述筆記になる。

父の口からほとばしる前妻への思いのたけを、愛人への恋情を、母は黙々と（だったかどうか私は知らないが）原稿用紙に書き写していったわけである。その一点だけでも、私は母にはとてもかなわないと思う。

さて、先日のことだが、ファンと名乗る方からお手紙をいただいた。

「貴女のことを書いた、お父上の肉筆未発表原稿を持っています」とあった。

古本市に初版本やサイン本とともに出ていたのだそうだ。原稿用紙二枚で十万円の値がついていたという。

丁寧に書き写してあったので読んでみた。人生のとば口に立った娘への、戒めと励まし。当時、父が喜んで選んだエッセイの題材である。

肉筆原稿の写真も同封してあった。「奇泡亭《きほうてい》」と印刷された懐かしい原稿用紙。確かに父の原稿に間違いはなかった。

しかし、返事は書かなかった。

母が口述筆記したものと告げるのが、あまりにもお気の毒だったからである。

イイ女

ミキさんとの約束に間に合わなくなった。この暑い中、駅前で何分も待っていただくのはあんまりである。電話に走った。妹に頼むしかない。

「エーッ、どんなひとォ？」

と、情けなさそうに妹。

「トシは二十五、六なんだけど年齢不詳って感じでネ、髪は長くて…、中肉中背で…、とにかく普通の日本人とぜんぜん違うからすぐわかると思う」

「エーッ、そんなんじゃわかんないよォ」と、妹はかなりの不満声。

「そんなんじゃ、みーんなに声かけちゃうかもしれない」

しかし、そう案ずることもなかったらしい。家に帰ると、ちゃんとミキさんがいた。

「すぐにわかった？」と、お茶を淹《い》れている妹に訊いてみる。

「わかった、わかった」と、妹。

「あんなイイ女、日本にはいないもの」

ミキさんは外国暮らしこそ長いが、正真正銘の日本人である。絶世の美女というわけではない。モデル並みのスタイルというわけでもない。化粧が濃いわけでも、派手な格好をしているわけでもない。しかし、日本人の中にいると、とても目立つ。

「それは、アレさ。ちゃんとアイデンティティを持ってるんだョ」

とは、法政大学の田嶋陽子《たじまようこ》先生。

「日本の女の子みたいに可愛い可愛いしてないの。ちゃんと個性を主張してるの。そうしなきゃ外国で一人生きていかれないもの」

田嶋先生も外国で一人頑張ってきた経験がある。その経験を踏まえて、日本の女たちに応援歌を贈るフェミニストでもある。

『TVタックル』というトーク番組でご一緒していたとき、

「心は先生の味方なの。でもどうしても口と身体が裏切ってしまうの」

そう言っては先生の不興を買っていた私だった。残念ながら、日本には私のような根性なしの女が圧倒的に多い。

先日その田嶋先生を、軽井沢のご自宅から都心まで車でお送りした。私も仕事に行かなければならなかったので、途中、わが家に着替えに寄った。

私が着替える間、先生には奥の部屋で大人しく涼んでいていただこうと思ったのだが、そうは問屋が卸さない。

「どうぞごゆっくり」と、閉めた襖《ふすま》が三秒で開いて、

「へェー、面白い家だねェ。私が小さいころ夢に出てきた家にそっくりだ」

と、ハウス・ツアーが始まる。

私の洗濯物が山積みになっている居間も、蛇口の水が滴っている台所も、全部見られてしまった。

「先生、どこ見てもいいけど、二階にだけは上がらないでね」

言った瞬間「しまった」と思ったけど、もう遅い。

「なに、なに、二階に何があるの？」

と、先生の足はもう階段を上っている。それからが格闘であった。あらん限りの力をふりしぼってようよう先生を引きずり下ろす。世の中で一番見られたくないもの、それは私の部屋である。私だって必死だったのだ。

「なによ、『秘密の花園』みたいじゃない。よォし、アタシ、ヘリコプターで突っ込んでも見るからね」

妹が笑って言った。

「田嶋先生みたいな人も、日本にはいないよネ」

世界にもそういないと思う。

エネルギーちょうだい

いつまでも若く美しい人のことを、芸能界の符牒《ふちょう》で「お化け」という。

たとえば森光子《もりみつこ》さんはお化け、八千草薫《やちぐさかおる》さんもお化け、吉永小百合《よしながさゆり》さんも三田佳子さんも当然お化けである。

私だってお化けになりたい。

だから、お化けとご一緒する機会あらば、観察する、質問する、研究する。まだ研究は中途であるが、お化けになるために必要不可欠なものは「好奇心」であることがわかりかけてきた。問題はその「好奇心」をどうやって維持していくかである。大人にはくたびれることが多い。「好奇心」を保つためにはかなりのエネルギーがいるのだ。

「私だってくたびれるわよ」

と、三田佳子さんはおっしゃった。

「だから出掛ける前に、『エネルギーちょうだい』って、息子に手を握ってもらうの」

思春期の息子さんは、照れ臭そうに、面倒臭そうに手を差し出す。その手に触れると、本当に身体中にエネルギーが満ちてくるような気がするという。

先日、画家の猪熊弦一郎《いのくまげんいちろう》さんの卒寿を祝う会が開かれた。

私はパーティーというものがあまり好きではない。しかし、この会にはいそいそと参加した。猪熊さんのひとことが聞きたかったからである。九十歳のエネルギーの、おこぼれでもちょうだいしたかったからである。

ひとことを聞いたら満足して帰るつもりだった。しかし、やっぱりどうしても握手をしていただきたくなって、長い列の一番後ろに並んだ。

猪熊さんとは、たった一度お会いしたことがあるだけである。三年ほど前のテレビ番組の取材だった。

猪熊さんのアトリエにはいくつもの大きなカンバスが並び、カンバスいっぱいに人の顔が描かれていた。

「どうして顔を描くのですか」と、伺ってみた。

猪熊さんが顔を描くようになったのは、奥様を亡くされてからだという。ひょっとしたら奥様の顔が出てくるんじゃないかと思って、顔を描いてみた。いくつもいくつも描いてみた。

そしていまも描き続けているのだという。

奥様を亡くされる前、脳卒中で倒れた。手術で一命はとりとめたものの、片方の目の視力を失った。つきまとう失明の不安、ボロボロの身体、そして間もなく奥様の不幸。(生きていてもしようがないか)ある夜、そんな暗い気持ちで、画集をめくっていた。ピカソの画集、マチスの画集……。

胸がドキドキしたという。(ああ、生きなければ、描かなければ)と、いても立ってもいられない気持ちだったという。

「目が見えなくなってもいいの」と、画伯はおっしゃった。

「目が見えなくなっても描けるもの。ホラ、こうやって、ときどき目をつぶって描く練習をしてる。死ぬまで描き続けるの」

インタビューを終えて、握手をしていただいた。猪熊さんの手に触れた途端に、ポロポロと涙がこぼれた。

猪熊さんの手からいただいたエネルギーは計り知れない。

※猪熊さんは亡くなり、三田さんは息子さんの一人が起こした事件で、苦境に立たされた。三田さんが「エネルギー」をもらっていた息子さんが、その張本人だったかどうか、私は

知らない。

でも、たとえそうだとしても、私がこのとき、この話にもらった「エネルギー」は変わらない。亡くなった猪熊さんの手の温かさが、いまも私の手のひらに残っているように……。

予知夢

激しい雨の音が聞こえる。

(この雨じゃ、今日のロケは中止だナ)と、布団の中でボンヤリと思う。

遠くで電話の鳴る音がする。寝ぼけた耳に「今日のロケは中止です」との知らせ。嬉しい。思う存分寝ていられる。目覚ましを切って、再び至福の世界へと戻って行く。

まもなく、つんざくような電話のベルで叩《たた》き起こされた。

朝早くから、一体何ごとだろう。

とびきり不快な声で電話に出た。

「エーッ、ダンさんですかァ!?」

と、向こうは絶望的な声。

「まだお宅なんですかァ!?　みんなずーっと待ってるンですけど」

「エーッ、だってェ……」

だっても何もなかった。外界には雨など降っていなかった。実にニコヤカに晴れ上がっていたのであった。

以上、まだ私がずっと若かったころ、眠くてたまらなかったころに、夢に裏切られた話である。

しかし、夢は裏切るばかりではないらしい。世の中には夢に助けられる人もいる。さる大手のコンピュータ会社にお勤めのKさんが、よくそういった夢を見るのだという噂を耳にした。

Kさんはまだお若いが、都内に一戸建ての立派なお家を持っている。引っ越した夢を見るたびに買い替えていったら、いつの間にか一国一城の主となっていたのだそうだ。

仕事で袋小路に突き当たってウンウンうなっていると、必ず夢を見る。その夢の通りにやってみると、思いがけない出口を発見したりするのだという。

あるとき、お父様だかお母様だかが突然倒れ、病院に担ぎ込まれたことがあった。早急にお兄様に知らせなければならない。

しかし、お兄様はご家族でどこかに旅行中だった。

それがどこかは誰も聞いていない。

気をもんでいる最中に夢を見た。

お兄様が箱根で温泉につかっている夢である。旅館の看板も出てきた。

大いそぎで電話番号を調べ、その旅館にかけてみた。

「お前、どうしてオレがここにいるってわかったんだ!?」

と、お兄様は一方ならぬ驚きようだったらしい。

そういったKさんの夢にまつわる話は、枚挙にいとまがない。

そのKさんが株で大儲《おおもう》けした夢を見たという。Kさんのお友だちのWさんが、興奮した面持ちで話してくれた。

「でネ、銘柄も夢に出てきたって言うんだよ。聞いたこともない会社だったんで、起きてから新聞で確かめたら、ちゃーんと一部上場企業の中にあったっていうんだな、これが」

だから、自分も大枚はたいてその株を買ったと、Wさんは早くも笑いが止まらない様子だった。

この話は面白かった。銘柄を聞いて、興味がいや増した。「なんといっても、『夢』があるものネ」と、わが家でも二千株だけ持つことにした。

しかし、大儲けするのがいつのことかというお告げがない。株は小幅の上下を繰り返すばかりである。

そして、ほどなくバブルがはじけ、くだんの株もガクンと下がったきり「低値安定」を決めこんでしまった。

人の夢までが私を裏切るのだろうか。

嫁入り前

歯が悪い。

いままでにかかった治療費を全部合わせたら、きっと上等な車が買える。

そのくらい悪い。

毎食後、欠かさず歯を磨く。普通に磨くだけでは心もとないので、第一段階を終えると、電動歯ブラシを持ち出して、毎分三千回の往復運動を試みる。それでもなお不安が残るので、「脈動ジェット水流で強力洗浄」という機械を使って仕上げをする。

都合、三十分。

歯医者さんの薦めで、最近はデンタルフロスという「歯間清掃用ナイロン糸」（平たく言えば糸楊枝《ようじ》）まで使い始めた。

しかし、相変わらず歯は悪い。

実際かわいそうなくらい悪いのだが、本人はそれほど気に病んでいない。よくしたもので、歯医者さんが大好きなのである。

あの薬品の匂い、あの椅子《いす》、あのライト、そしてあの音。あの痛みでさえ、よくなるためと思えば好ましく感じられるから不思議だ。

ときどき、あまりの心地の好さに、治療の最中にあんぐり口を開けたまま眠りこけてしまうことがある。

もちろん、いい歯医者さんの前でなければこうはいかない。私の歯医者さんは、日本一なのだ。

その日本一の歯医者さんを、兄嫁に紹介してあげようと思った。

むかし、口の悪い歯医者さんに「よくもここまで放っておけたもんだねェ」と言われてすっかり傷つき、治したい歯も治せずにいるのだ。

兄嫁を喜ばせようと、内緒で先生にお願いし、予約を取った。すべての手筈《てはず》を整えた上で、「歯医者さん、お願いしておいたから」と、いきなり兄嫁に告げた。

一瞬、間があった。すぐには言葉が出てこないようだった。

「そうね、もうそろそろ行かなくちゃね。よかったわ。ありがとう……」

どうもおかしい。いつもの喜びじょうずの義姉らしくない。納得しない思いで家に帰ると、じき兄から電話がかかってきた。

「お前、天才だな。嫁サン悩んでるぞォ。もういまから眠れないってサ」

そういうつもりはまったくなかった。喜ばれるとばかり思っていたのだ。

しかし、友だちも言う。小姑《こじゅうと》が、勝手に歯医者の予約を取ってきたら、それは「嫁いびり」以外の何ものでもない。大体、歯医者さんが大好きという人間自体、どこか「ヘン」なんだそうだ。

「ヘン」でも構わない。私は歯医者さんが好きだ。

それなのに、とうとう日本一の先生にも見放されてしまった。何度治してもダメな奥の歯は、根の治療の権威に診てもらうことになった。

その権威が、一わたり私の歯をご覧になっておっしゃった。

「あなた、もう一生歯医者とは縁が切れませんねェ」

「ハイ。高校生のときに『嫁入り前に総入れ歯だ』って言われました」

すると、「そりゃあ、ヒドイ」と、権威は私に同情的だった。そして、ほんの二、三秒考えておっしゃった。

「別の意味で『嫁入り前に総入れ歯』の可能性はありますがね」

何を隠そう、それが一番怖いのだ。

青春は帰らず

高校時代、水泳部だった。
この話は滅多にしない。
「では、一緒に泳ぎましょう」と誘いが掛かるのが怖いのだ。
ドラマなどでも、水着姿を要求されるような危うい場面がままある。
「そういうお話でしたら半年くらい前に言っていただかないと……」
と、とにかく逃げ回ることにしている。
実際、水着を長いこと着ていない。
この間、甥姪を川に連れて行こうと取り出してみたら、ビロビロに伸び切っていた。
その私が高校のプールサイドに立った。実に十数年ぶりのことである。
もちろん水着姿ではない。

水泳部六十周年記念水上大会の表彰係つきコンパニオンとして、キチンと盛装していた(などと言えば聞こえがいいが、単に、『プールサイドでは短パンにゴム草履が正装』という常識を忘れていただけのことなのだ)。

久しぶりに現役を見て、時の流れを痛感させられた。

中・高校生の、細さ、幼さ。十数年前には、そこに自分の残像を見いだしたものだったが、いまはただただ可愛い。甥姪のように可愛い。

しかし、その可愛い後輩が六十年の記録を次々と塗り替えていく。岩崎恭子《いわさききょうこ》チャン、鈴木《すずき》大地《だいち》クンには及びもつかないが、一むかし前には想像もできなかったようなタイムで泳ぐ。

「いまの子はネ、大抵スイミング・クラブで英才教育を受けてきているからねェ」

と、ある先輩が呟いた。

まったくのカナヅチが水泳部に入って泳ぎを覚えるという時代ではないらしい。

隔世の感に呆然《ぼうぜん》とするばかりだった先輩たちだが、昼休みになってにわかに活気づいた。

模範演技と称するOBレースがあるのだ。

「ダンさえ泳げば、むかしのメンバーが揃うんだけど……」と、現役時代、メドレーを組んだ同輩たちも泳ぐ気満々である。ママさん水泳教室などに通って、むかしの勘を取り戻しつつあるらしい。

しかし、横やりが入った。

「お前たちには、レース前にまず水着審査を行う」と、先輩が言うのだ。

同輩たちは、おのが段腹をためつすがめつして、不承不承あきらめたふうだった。

ところが最初のOBレースが行われるや否や、また雲行きが変わった。OBの中にだって段腹はいる。なんで自分たちが泳いで悪いことがあろう。

それからはまるで嵐《あらし》だった。

最終泳者が決まらぬままに、第一泳者がスタート。その間、私は駆けずり回って私の代わりに泳いでくれる人を探す。

赤銅色に日焼けした現役に比べると、わが同輩はまるで白豚のようである。白豚のたりのたりかな……。

満足気に陸に上がってきた白豚三人組に、私は呆れ顔で言った。

「あんたたちって本当にオバサンね。はじらいってものはないの？」

すると三人組は言ったもんだ。

「何言ってるのよ！　挑戦しようっていうその心が若い証拠よ！」

水中をのたくる白豚三人組の姿を現役たちはどう見ただろうか。移ろいやすい青春の日々を少しでも大切と感じてくれたなら、それはそれでいいのかもしれないが。

痛し、痒し

今年、ベルギーのブリュッセルで「痛み」についての学会が開かれた。問題提起として、短い映画が上映された。比叡山《ひえいざん》の千日回峰行を追ったドキュメンタリーである。

映画終了後、「日本人は、痛みに鈍感な民族なのではないか」という声があがった。おのれの痛みも感じないから、他人の痛みなど想像もできない。ハラキリも、戦時中の残虐行為も、このごろの人を人とも思わぬ経済侵略も、すべてそれで説明ができる。

その場にいた日本人が冷や汗を拭ったことは、想像に難くない。

「ダンフミも痛みに鈍感なのではないか」と、友だちに言われた。

前々回「歯医者さん大好き」と、大見得を切ったせいである。続いて前回、旧友のことを

「白豚」などと書いたものだから、たちまちヤリのような非難が降ってきた。

みんなは怒っているのだそうである。怒《おこ》っているのではない、怒《いか》っているのだという。

確かに「痛み」よりも問題なものが、私にはある。

それは「痒み」である。

「痛み」や「苦しみ」をこらえる姿は美しい。「ひそみに倣う」という言葉があるくらいだ。「痒さ」に身をよじる姿は、美しくない。あたり構わずボリボリ掻《か》いていると、イヤな顔をされる。

「キミ、いやしくも女優だろ」と、むかし、遠藤周作《えんどうしゅうさく》さんにたしなめられたことがある。瀟洒《しょうしゃ》なレストランでフランス料理をご馳走《ちそう》になっている最中だった。私は、遠藤先生や蝶《ちょう》ネクタイのソムリエの前で、お腹を掻いたのである。

言わせてもらえば、飼いネコが子供を産んだばかりだった。暑い夏で、わが家はノミの異常発生に苦しんでいた。しかしその言い訳に、遠藤先生はますます呆れたという顔をなさって、深い溜め息をつかれた。

「女優がノミに食われたとか言って、人前で腹をボリボリ掻《か》くかねェ」

私の不幸は「虫感知器」と呼ばれる体質にある。「蚊はいない」と保証つきのところで、蚊に刺される。「ダニなどとんでもない」というお宅で、ダニに食われる。アブもブヨも、私には好き放題の勝手をする。

先日、仕事で北陸の山里を訪ねた。

撮影現場に着いた途端に、「しまった」と思った。山里にはオロロという虫がいるというのである。蜂《はち》のようで蜂ではない。蜂は攻撃してこないが、オロロは攻撃してくるという。私は「オロロ」と手帳に書き留め、用のないときは車から出まいとかたく決心した。

しかし、わずか二カット目で、私はもうその攻撃を受けていた。ずっと車の外にいた裸同然のスタッフには目もくれず、オロロは真っ直ぐ私に向かって来たのである。

オロロの痒さは超弩《ど》級だった。

刺されて十日後に、突然腫《は》れ、それからはもう痒くて眠れない。

オロロの痒さに耐え、蚊の猛攻撃にも耐えて、私はなんとかこの夏をやり過ごそうとしている。

秋風にホッとする間もなく、やがて乾皮症の季節がやってくる。

狐狸庵《こりあん》先生のおめがねにかなうような女優には、当分なれそうもない。

紳士の条件

一昨年の夏、高倉健《たかくらけん》さんとともに内モンゴルを旅した。

もちろん二人きりではない。

映画会社のお歴々、三田佳子さん、そして名取裕子《なとりゆうこ》さんがご一緒だった。総勢二十名近くで、「中国映画祭」に出席したのである。

この旅で名取裕子嬢と私は、健サンのグルーピーと化した。

健サンに余計な接近をしないように、互いが互いの行動に目を光らせる。しかし、必ず健サンから三メートル以内のところにはいて、健サンの一挙一動にうっとりと見惚《みと》れる。

毎夜、報告会をする。どちらがより細かく健サンを観察していたか、自慢しあうのだ。

「見ました!?」と、ある夜、名取嬢が興奮して私に言った。

「見た、見た。桃でしょ!?」と、私も負けずに興奮して言った。

その夜は珍しく洋食だった。デザートには桃が丸ごと一個饗《きょう》された。

さて、どう食べるか。

私は左手に桃を、右手にナイフを持ち、しばらく思案にくれていた。

いつものクセで、ふと隣のテーブルの健サンを見た。健サンは慌てず騒がず、ナイフとフォークを使ってじょうずに桃を切り分けている。

そうか、ナイフとフォークなんだ。

桃をそっと皿に戻す。そして健サンをまねて、フォークで押さえ、ナイフで切りにかかった。しかし桃は丸い。そしてすべる。私の桃はつるりと皿を離れ、隣の人の手元まで飛んでいった。

冷や汗をかいて再び健サンのほうに目をやった。健サンはフォークとナイフで器用に種を取り、皮をむき、涼やかにお口に運んでいる。

「あんなに上品に果物を食べる人、見たことない」と、名取嬢も感心していたが、さながら手品であった。

「そういえばイギリスの本にあったなァ。本当に育ちのいい人は果物を食べさせてみればわかるって」

ある朝食会で健サンの話をしたら、隣にいらした日下《くさか》公人《きみんど》さんがそうおっしゃった。

「果物をじょうずに食べる、フォークを汚さない、これが紳士の条件だそうですよ」

そのとき日下さんは目玉焼きと格闘中だった。そして、ご自分のフォークをじっとご覧になって、嘆かわしそうに首を横に振られた。

日下さんと目玉焼きの、格闘の歴史は長い。アメリカ留学時代からだそうである。しかし、いまだに正式にはどう食べるのかわからないとおっしゃる。

朝食会には黒川紀章《くろかわきしょう》さんもいらした。おしゃれで名高い黒川さんなら正しい食べ方を知っているに違いない。日下さんは早速黒川さんの横に立ち、頭を垂れ、教えを請うた。

すると黒川さん、「正しい食べ方はこうです！」と、威厳たっぷりにおっしゃると、両手でむんずと皿をつかみ、顔をガバッと近づけ、ズルズルと音を立てて目玉焼きの目玉をすすったということである。

このつぎに高倉健さんと会ったら、目玉焼きの食べ方とフォークの汚れ具合をよく見てきてほしいと、日下さんから頼まれている。

紳士の条件2

女は悲しい。特に、文明に毒された女が悲しい。世界中どこへ行っても、快適なトイレ、清潔なトイレを求めて、右往左往する。

内モンゴルでは「パオ」に泊まると、出発前に言われた。「パオ」とは、草原に暮らす遊牧民のテントのことである。

「観光客用の『パオ』ですから、ちゃんとトイレもついてます」ということだった。

名取裕子さんがエライのは、映画関係者の言うことはテンから疑ってかかるというところである。

「どんなトイレかわからないでしょう?」と、日本から「天ぷらガード」を持ってらした。大草原ではこれで自分を囲えばいいのだとおっしゃる。出発前夜、ふとひらめいて、近くのコンビニまで買いに走ったのだそうだ。

「一つじゃ隠れないから、ガムテープで貼って、二段重ねにしてあるの。お姉チャマも使ってね」

と、この上なく優しい。

しかし、結局「天ぷらガード」は使われなかった。

私たちは、夜の闇《やみ》に紛れて、草原で用を足すことに決めたのである。

パオを出て五十メートルも歩くと、明かりは天上に瞬く星だけとなる。そこから、右と左に分かれて、なおも前へ前へと歩く。互いの音が聞こえなくなるくらい離れようと、文明の落とし子はあがくのだ。

突然、名取嬢が叫んだ。

「お姉チャマ、後ろに人影ッ!!」

慌てて後ろを振り向く。なるほど白い物がボーッと立っている。

「大丈夫、立て看板みたーい！」

と言って、私はその立て看板らしき物に寄り添い、用を足した。

空に三つ、流れ星を数えた。

しかし、そんなところに立て看板などあるわけがなかった。翌朝のアトラクションで、それがなんであるか、はっきりと知った。

それは、モンゴル弓の的だった。

弓を射っているうちはまだよかった。誰も的には近づかないからである。やがて、モンゴル相撲の実演となって、困った。高倉健さんが、的に寄り掛かるようにして相撲をご覧になっているのだ。

私は猫ババにこだわる猫よろしく、健サンの周りをグルグル回っていた。

モンゴルからの帰り、健サンからプレゼントをいただいた。「一瞬にして固まります」という、渋滞用のビニールパック式トイレだった。

さてその簡易トイレ、しばらく家宝にしていたが、昨年、考えに考えてコスモ石油の会長、中山善郎《なかやまよしろう》さんに差し上げることにした。

喜寿のお祝いである。

中山さんはお酒をよく召し上がる。出張でシンガポールにいらしたときもよく上がられたらしい。当然トイレも近くなる。しかし、シンガポールというのはご清潔な国で、路上にゴミを捨てても、ツバを吐いても罰金、その辺で用を足したりすると大変なことになる。

さあ困った。

困ってどうされたかは恐ろしくてとても伺えなかった。再び困ることのないよう、家宝を差し上げたわけである。お立場のある御身である。喜寿という分別が望まれるお年ごろでもあるのだ。

それがお役に立っているかどうか、私は知らない。

Ⅳ

幸運な女たち

英語上達曲線

ある英語の達人によると「恥っかきの回数と英語の上達カーブとの間には相関関係が存在する」ということである。

ではその達人がどんな恥をかいてきたかというと、アメリカで、「この辺にポストはありませんか」と尋ねてまったく通じなかったことがあげてあった。「ポスト」は、英語では「ポストボックス」または「メイルボックス」というのだそうである。

甘い。そういうのは恥のうちに入らないと、私は思う。

いつだったか、「英語は全然アカンの」とおっしゃる、年配のご婦人の買い物のお伴をしたことがあった。

空港の免税店だったように記憶している。婦人はきれいなハンカチを指差して、「これ、なんぼ?」と店員さんにお尋ねになった。すかさず私が通訳して差し上げた。

「ハウ・マッチ?」

「トウェルブ」という答えが返ってきた。「なんぼ?」と、婦人は今度は私に訊く。タラリと冷や汗が出た。「トウェルブ」がいくつだったか思い出せない。

「えーっと、二十…、二十…」

愛想の悪い店員さんが、愛想の悪ーい日本語で私をさえぎった。

「イエチガウ、十二ドル」

こういうのを恥というのだ。

私の恥っかきの回数は人後に落ちない。しかし達人の理論に反して、英語はいっこうに上達しない。

しかたなく、ときどき個人レッスンを受けることにしている。

あるとき、英語学校の先生に恋をしてしまった。

しかし、私の英語力には限界がある。気のきいたこと、二人の間を近づけるようなことは何一つ言えない。日本語でも言えないんだから、英語で言えるわけがない。自然、会話はとぎれがちになる。

その先生がアメリカに帰ることになった。今日で最後だというそのレッスンも、私の「アー……」とか「ウー……」だけで終わりかけていた。

ベルが鳴った。

何か言わなければ、と思った。

一生懸命考えて、「あなた、退屈だったでしょう、そうじゃない?」と言った。

「退屈」という言葉は辛うじて知っていた。ドイツを旅行したとき、英語でガイドをしてくれた男の子が、「この町は退屈だ」「この城は退屈だ」と、すべて「ボアリング」で片付けていったからである。

「ボアリング!?」

と、先生は信じられないというような顔で聞き返してらした。

私は先生の目をヒタと見返し、ことさらまじめな顔を作って言った。

「イエース!」

突然、先生が椅子から立ち上がった。そして、ドアを閉める音も荒々しく出て行ってしまった。

私は泣きながら家に帰った。

泣きながら辞書をめくってみた。

そしてもう一度泣いた。

「ボアリング」ではなく、「ボアード」を使うべきだったのだ。

「あなたって、退屈ね、そうじゃないこと」と、私は言ったのだった。そして「退屈?」と色をなした先生に向かって、冷たく「イエース!」と言い放ったのであった。

瀬戸の花嫁

「カラオケに行こう」とよく誘われる。誘われれば嬉しそうについて行く。「何か歌え」とのお達しが必ずくる。ご要望とあらばためらわずにマイクを握る。

女優は接待業と心得るからである。決してカラオケが好きだからではない。しかし、私のまわりはみんな、ダンフミはカラオケをこよなく愛していると信じて疑っていない。

『TVタックル』に出演していたとき、スタッフと一緒に飲みに行ったことがあった。大いに盛り上がった。二次会はカラオケということになった。当然私もついて行った。もちろんマイクも握った。そしてほかの人より、多くもなく少なくもなく歌って、帰った。

さてその翌週。一緒に歌いに行ったスタッフが満面に笑みを浮かべて、打ち合わせにやってきた。今回の『TVタックル』のテーマは「カラオケ」だという。

「ダンさんに捧《ささ》げる企画です!」「エーッ、私、カラオケ嫌いよォ」

「エーッ!?」と、スタッフは驚きのあまり身悶《みもだ》えしていた。

「そりゃないですよォ。じゃあ、この前僕たちが見たダンさんは、アレは一体なんだったんですかァ?」

私は、ひそかに自らを誇らしく思った。「心の憂さ」を微塵も見せないなんて、なんて「女優」なんだろう。なんて「プロ」なんだろう。自分で自分をいとおしくさえ思った(ちなみにこの『TVタックル』は「ダンフミに捧ぐ」という大義のもと、「セクシーとは何か」というテーマもとりあげてくださった)。

カラオケが嫌いなのには、いくつか理由がある。

まず(これも容易には信じてもらえまいが)私は恥ずかしがり屋である。お酒の力を借りなければ、人前で歌などとても歌えない。で、翌日ひどい二日酔いとなる。これがイヤだ。

それから、まともに歌える歌がほとんどない。これも悲しい。

「瀬戸の花嫁」は、私が歌える数少ない歌の一つだった。以前はこればかり歌っていた。歌っているうちに勘所をつかんだ。お酒が入ると、声も伸びる。歌の内容と私の境遇が相まって、毎回盛んな拍手を浴びた。「瀬戸の花嫁」にはかなりの自信を持っていた。

ある夜のこと、馴染みのカラオケスナックでこの歌を聞いた。まだ宵の口で、私はしらふだった。

どこからともなく聞こえてくるのは、ひどく酔っ払った女の声である。感情は過多、ところどころ音は外れており、まったく聞いていられない。しかし、なぜか妙に引っ掛かる。どこかで聞いたような声なのである。首を伸ばしてお店を見回してみた。ほかにお客さんはいない。

ニッコリ笑ったママと目が合った。その途端に、全身があわ立った。歌っているのは私なのだ。前に来たときに、ママがこっそり録音していたのだ。

「瀬戸の花嫁」は、もう歌わない。「音のフォーカス」に傷ついたからではない。小柳ルミ子さんにその歌が似合わなくなったように、いつしかダンフミにも似合わなくなってしまったからである。

このごろは「愛の終着駅」を歌うことにしている。

パンダが国にやってきた

私はとある懇談会に出席していた。

「しかし、宮沢《みやざわ》りえさんと貴花田《たかはなだ》関にはびっくりしましたねェ……」

と、お隣に座っていた紳士がささやいた。

「え……、どうかしたんですか？」

私ときたら、こういう国民的大ニュースも知らないというノホホンぶりなのである。

「すみません、私、あんまりテレビを見ないもんで……」

紳士は、このおめでたを最初に報じたテレビ局の社長であった。

「新聞にも出てましたよ」

と、疑わしそうに言われて、私は穴があったら飛び込みたかった。

よし、今夜はテレビと心中してやる。早速テレビのスイッチを入れた。

記者会見はなかなか始まらない。

進行役の人が、会場整理に腐心している様子が、映し出されている。

「こういう場では必ず混乱が起こるものです」と、その人は言った。

そして、会見の席の真正面に陣取るカメラマンを、脇《わき》に移動させようとする。

「冗談じゃないよ！」と、怒声が渦巻く。

ようやく主役が現れた。

「りえちゃん、こっち向いて！」「こっち、こっち！」「ここ、ここ」

雨あられのようなフラッシュと声。

「とっても幸せです」と、微笑むりえちゃん。そのそばから「オイ、邪魔だ、どけよ！」

「座れよ、座れ！」という怒号が乱れ飛ぶ。

芸能界ではどんなにおめでたい席でも、皇室の記者会見のように、粛々とというわけにはいかないのだ。

パンダが初めて日本にやってきたときも、大変な騒ぎだった。

上野動物園にはカメラマンが押し寄せ、各局競って特別番組を作った。

そのお披露目の場に、デビューしたばかりの私も居合わせた。

パンダ来日特別報道番組のリポーター役を仰せつかったのである。

パンダ見たさに大役を引き受けた私ではあるが、どうしていいかさっぱり見当がついていなかった。大体、リポーターが何をするものかもわからない。頼みの台本も「可愛いパンダの様子を実況で」と書いてあるばかりである。

仮設パンダ舎の前には、雲霞《うんか》のごときカメラマンがいて、パンダの登場をいまや遅しと待ち構えている。

私の立つ位置はあそこだと念を押された。

「あそこに立たないと、ダンさんとパンダが一緒に映りませんから」

「本番！」の声が掛かった。

震える手でマイクを握り、私はパンダ舎に向かって歩き出した。そして正確に指定の位置に立ち、カメラに向かってにっこり笑おうとした。

たちまち怒声と罵声《ばせい》の集中砲火を浴びた。

「そこどけーッ！」「何やってんだ！」「邪魔、邪魔ッ！」

恐ろしさのあまり声が出ない。他人さまから怒鳴られたことなど、生まれてかつてなかったのである。

そのあと何を言ったのか、どういう番組になったのかまったく覚えていない。

私は十九歳。自分のちっぽけさを痛いほど感じていた。

歳月は流れ、あのとき檻《おり》の中を不安そうに歩き回っていたカンカンもランランも、いまはいない。

※りえちゃんと貴関の婚約は、間もなく解消された。
それから、さらに歳月は流れ、二人はいつもゴシップの波間に揺られている。

でも、それもまたいいんじゃないの。いろいろ、いろいろあったほうが、人生はステキよ。

十九歳から、なぁんの変化もない人生を送っているセンパイは、羨ましくさえ思う。

逆上がり

五時になった。どこかでカチリとスイッチのはいる音がする。続いて「夕焼け小焼け」のメロディーが町中に鳴り響く。「よい子のみなさん、五時になりました。さあ、みんなでお家に帰りましょう」という、甘ったるい声が聞こえてくる。

この放送には、毎度ムカムカしてしまう。

「うるさーい！　今どきのよい子はみんな塾に行ってるわーい！」

と、よい子のみなさんになりかわって怒鳴り散らすことにしている。

しかし、アレはアレでなかなか役に立っているらしい。公園で、子供たちを遊ばせてみて初めて知った。

そろそろ日暮れだというのに、子供たちは遊びに夢中である。

「ねえ、もう帰ろうよォ！」

と、さっきから懇願し続けているダンダンのオバチャンのことなど、一顧だにしない。

「いいわよォ」と、その子らの母である友だちはのんびりと言う。

「もうすぐ『夕焼け小焼け』の放送が流れるでしょう。そしたら子供たちもおとなしく帰るから」

どうだろう。「夕焼け小焼け」の音楽が鳴り出すと、本当に子供たちは遊びをやめたのである。そして家のほうにアゴを向けるお母さんに従い、シオシオと帰途につくではないか。まるで「パブロフの犬」であった。

公園にいる間じゅう気になっていたことがひとつあった。私たちが寄り掛かっている鉄棒。この鉄棒でいまも「逆上がり」ができるだろうか。

「ね、逆上がりできる?」と、友だちに訊いてみる。

「できると思うヨ」と、友だちは気軽に鉄棒を握り、地面を蹴《け》った。つま先がきれいに弧を描いて、顔がクルリと一転した。お見事。

果たして、私にもできるだろうか。

鉄棒を握ってみる。握った感じで、もうできそうにない気がする。

小学校のとき、逆上がりができるできないは大問題だった。言ってみれば、「あいうえお」が書けないくらい、問題だった。

幾多の「逆上がり残酷物語」「逆上がり根性物語」が生まれた。

遅くまで残されて練習させられる子がいた。日曜に、お父さんと学校に来て特訓する子もいた。ある友だちなど、ご両親が心配して庭に鉄棒を作ってくれたという。

私は辛うじて逆上がりだけはできた。しかし軽々と、という感じではなく、毎回、「できないかもしれない」という不安にさいなまれた。

あれから三十年以上たつわけだが、その間、逆上がりをした、逆上がりが役に立ったということは一ぺんもない。しかし、いまだに鉄棒を前にすると、「できないかもしれない」という強迫観念にとらわれる。

その強迫観念をふりはらうべく、「エイッ」と、土を蹴ってみた。お尻《しり》が重い。重力に負けそうになる。しかし腕の力でなんとかお尻を持ち上げる。ヨロヨロと回る。上がった！　クラリとめまいがする。

一夜明けて、節々が痛い。そして、またもや万歩計をなくしたことに気がついた。

逆上がりができて「いいこと」なんて一コもない。

入眠状態

夜中に妹尾《せのお》河童《かっぱ》さんのお宅に伺ったら、どこぞから水晶玉と蠟燭《ろうそく》を取り出していらしたところだった。

岸田今日子《きしだきょうこ》さんと阿川佐和子さんが、お客様でみえている。

電気を消す。蠟燭が揺らめく。水晶玉が怪しく光る。この場に岸田今日子さんほど似つかわしい人はない。岸田さんが水晶玉に手をかざし、そっと目を細めると、過去でも未来でも、天国でも地獄でも自在に見えるのではないかという感じがする。

「そういえば、アタシ、こういう役やったわ……」と、岸田さん。

しかし、芝居のようにはいかないものだ。頼みの岸田さんも、水晶玉の中に何も見つけられなかった。

河童さんに水晶玉を薦めた張本人、立花隆《たちばなたかし》さんによると、「そんなにワイワイ賑《にぎ》やかにやってちゃだめ」なんだそうである。

　こういうことは、みんなが寝静まってから、一人ひそやかに行う。そうすると、二人に一人くらいは何かが見えてくる。人の姿だったり、風景だったり、見えるものは人によって違うらしい。

　眠りに陥る寸前のトロンとした状態を、入眠状態という。水晶玉の中に何かを見るとき、人はいわば入眠状態にあるのだそうだ。

　この入眠状態というのが、バカにならない。数々の大発見、大発明がそこから生まれているという。

　たとえばエジソンは考えにつまると愛用の椅子でうたた寝をしたらしいし、湯川秀樹《ゆかわひでき》博士は寝床にいつも紙と鉛筆を用意していたという（かの中間子理論も、そのメモの中から生まれた）。『宝島』のスチーブンソンもまた、うまいアイデアが思いつかないときには、横になってウトウトするのを常にしていたのだそうだ。

　以上、すべて立花さんの受け売りである。「眠り」を愛する私は、この話にひとかたならぬ興味を持った。「果報」を本当に「寝て待て」ばいいとは、なんて素晴らしい！

　早速、実験してみることにした。

　まず、うたた寝にピッタリのリクライニング式の座椅子にすわる。伸ばした足の下に、小型のホットカーペットを滑り込ませる。そして、これまたお気に入りの毛布にくるまる。

備えは万全。あとは入眠状態を待つだけ。静かに目を閉じて、アイデアが出てくることを念ずる。(今日の原稿、今日の原稿、今日の原稿……)

「今日の原稿」が、羊を数えるような劇的な効果をもたらして、私はたちまち深い眠りの淵《ふち》に沈んでしまった。再び目が覚めたときには、「今日の締切り」にとうてい間に合わない時間になっていた。

妹が軽蔑《けいべつ》したように言う。

「アレじゃ、熟睡体勢だもの。入眠状態って、本当に眠っちゃいけないんでしょう。エジソンもスチーブンソンも、眠り込まないような方法を講じてたっていうじゃない」

ごもっとも。

締切りを過ぎ、私は夜っぴて原稿に向かう。だんだん朦朧《もうろう》としてくる。

なんのことはない、これこそ入眠状態ではないか。

私の入眠状態には大発見も大発明もない。ワープロの打ち間違いだけがある。

オバサン化現象

秋の夕べ、友だちとコンサートを聴きに行った。

変則的なコンサートで、演奏の合間に軽いお喋《しゃべ》りが入る。今宵の出演者の写真と略歴が、プログラムに紹介されていた。

「エーッ、うそォー……」

という小さな悲鳴が、隣の席から聞こえてきた。

「この人私たちより年下なのォ？」

「そうよ」と、私は短く答えた。

「だってェ……」と、友だちは司会者の写真をためつすがめつしながら、グズグズとあきらめが悪い。

「この人、オバサンじゃない」

「キャーッ、いやーッ……」

ゲストのコラムニストの略歴を見て、友だちはまたもや悲鳴をあげる。

「この人も私たちより下なの？」

「あのネ」と、私は彼女のほうに向き直って、厳かに言った。

「このごろ活躍してる人はみーんな私たちより若いの。そのうちアメリカの大統領だって、私たちより若くなっちゃうの。覚悟しときなさい」

こういう会話の後に訪れる沈黙の深さは、いわく形容し難い。

三十歳になったとき、「もうオバサンだ」となんであんなに大騒ぎしたのだろう。

「三十。女には、二十九までは乙女《おとめ》の匂《にお》いが残っている。しかし、三十の女のからだには、もう、どこにも、乙女の匂いが無い」

太宰治《だざいおさむ》の『斜陽』の中にでてくるそんな一節が、はらってもはらっても私にまとわりついてきた。

しかし、いま、三十代も後半になってみると、三十歳は眩《まぶ》しいほど若い。

何年か後には、こう思っているいまの自分をも、きっと「若い」と感じるときがくるのだろう。

人生はその繰り返しなのだ。

三十になって間もないころ、あるドラマで藤真利子《ふじまりこ》さんと共演した。

二人は小学校の同級生という設定である。

ドラマの中で、藤さんが私の息子を連れ出そうとするシーンがあった。

「おばさんネ、ボクのママのお友だちなのよ。ね、おばさんのオウチに遊びにこない？」

そんな台詞が用意されていた。

ここで藤さんが猛烈に抵抗した。

自分で自分のことを「おばさん」と言うくらいなら、この役を降りるとまでおっしゃるのである。

結局、「ね、お姉さんのオウチに遊びにこない？」と言うことで、一件は落着した。

藤さんのこだわりは私にはちょっと意外だった。ちょうどそのころ、姪も友だちの子供たちも片言で私のことを「オバタン」と呼び始めていた。その可愛い口調にはとてもあらがえなかった。

私は従容として「オバタン」と呼ばれることを受け入れていたのである。

先年、自分の間違いをはっきりと悟った。

再び藤真利子さんと共演したとき、私には生活に疲れた三十六歳の母親役が、藤さんには二十八歳の恋する女の役が当てられていた。

「オバサン」であることを認めてはいけない。みずからを「オバサン」と思うとき、オバサン化現象は急速に進むのである。

不肖の子

出来の悪い子ほど可愛いというが、出来の悪い歯も、本当に可愛かった。

ここ十年というもの、うんだり、痛んだりの繰り返しだったが、一ぺんも愛想を尽かしたことはない。

初めて腫れたとき、歯医者さんに飛んで行った。歯医者さんはサラサラと紙に絵を描いて、丁寧に説明してくださった。

「これが歯で、これが歯ぐき。歯をちゃんと磨いてないと、この間に食べかすがたまる。そこが炎症を起こす。これを歯槽膿漏《のうろう》という」

そして私の肩を優しく叩《たた》いて、

「ま、老化現象だネ」と、おっしゃった。

（ごめんね、母ちゃんが悪かった）と、思った。人一倍熱心にやっていた歯磨きを、人三倍にした。

水流洗浄器、電動歯ブラシ、塩とビタミンE入りの歯磨き……、歯にいいと聞けばなんでも試してみた。

しかし、母の願いもむなしくわが子はいっこうに立ち直らない。立ち直るどころかますます悪くなる。

前にも書いたが、私の歯医者さんは日本一である。その先生に加えて、根の治療では世界一と(ご自分で)いう権威にも診ていただくことになった。

「根っこが割れてる可能性がありますね。だましだましいけば持つかもしれないけど、抜きますか?」

とんでもない。ここで見捨てたりなんかできない。先生にお願いして、なんとか按配《あんばい》していただくことにした。

親の心、子知らず。

「もう一回だけ様子を見させてください。今度腫れたら勘当します」

と、ズルズル猶予を与え続けていたが、とうとう決断しなければならないときがきた。何度も腫れを繰り返すと、骨まで侵されてしまうと聞いたからだ。

断腸の思いで処刑台に向かう。

歯医者さんは大好きだが、抜歯だけは例外である。

しかし、さすがに世界一というだけはある。痛みも苦しみもなくコトは済んだ。抜いた歯の意外な大きさを目にしたとき、なんともいえない悲しみが胸に走っただけである。

歯の根っこに大きな穴があいていた。これがたびたびうんだ原因らしい。こんな症例は珍しいと、権威も首を捻《ひね》る。抜いた歯をホルマリン漬けにして私にくださった。

早速、日本一の先生にも見せに行った。結局は「老化」ではなかったのだ。

帰りがけ、後生大事にホルマリン漬けをバッグにしまいこもうとした私を見て、日本一はおっしゃった。

「やだなァ。そんなもの捨てちゃいなさいよ」

「イエ、一緒にお墓に入るんですから」

「じゃあ、先にお墓に入れときなさいよ」

どこのお墓に入るのか、まだ決定していないのだ。

薬をいただく段になって、世界一からアレルギーの有無を訊かれた。

「アレルギーはありません」

「ホウ、すると男性アレルギーだけですか」

どうしてそういう誤解が、あっちにもこっちにもあるのだろう。

ドイツ的消費

可愛い顔をして、文句ばかり言っている友だちがいる。

外へ出た途端に、「ウッ、寒い、寒い、寒くて死にそう!」。

電車に乗ってやっと暖まってきたと思ったら、「ウーッ、暑い、暑くて息ができない!」。

ある日、見かねて注意した。

すると、「これはネ、長いことドイツにいたせいなの」と、悲しそうな顔で言う。

ドイツでは、そのときに感じた不快は、そのときにキチンと言っておくものらしい。でないと、あとで風邪ひいたりしても、「あのときお前は寒いともなんとも言ってなかったじゃないか。言わなかったお前が悪い」っていうことになるのだそうだ。

「だから、私は別に文句を言っているんじゃないの。意見を表明しているだけなの」

そう言って、「込んでる」「うるさい」「排気ガスで苦しい」と、東京の街で意見を表明し続けている。

　その彼女が、仕事でニューヨークに行った。なんの仕事だか詳しくは知らないが、どうも環境問題に関することらしい。

「アメリカの環境問題なんて、暮らしを少しドイツ的にすれば、半分は解決するのよ」と、日本に帰って、私に山ほど意見の表明をした。

「なんで人っ子一人いないビルに、明かりがこうこうとついてるの？　Ｔシャツでも暑いくらいに暖房がきいてるの？　テークアウトのお店では、使い切れないくらいフォークやスプーンやナプキンをくれるのよ！」

　そして、彼女の愛するドイツでは、「包装材廃棄回避に関する政令」によって、メーカーが出したゴミは、そのメーカーが責任を持って引き取るところまで意識が高まっていると、自慢する。

　彼女がその愛するドイツで暮らしていた間、私は何回か彼女の家に遊びに行った。

　彼女のアパートには、「のみの市」で買ったという、しゃれた六角形のテーブルがあった。変わった形なのでピッタリのテーブルクロスが見つからないと、毎回嘆いていた。

　しかし、何度目かにドイツを訪ねたときには、ちゃんと六角形のピンクのクロスが掛かっていた。

一年間、毎週のようにデパートに通って、やっと見つけたのだという。

ただ、ピンクと緑の二色あって、どちらにするかが決め難い。

「だからネ、店員さんに、家に持って帰って合わせてみたいんだけどってお願いして、カーテンの色と合わせてみたの」

私はびっくりした。

「よくそんなこと、店員さんが許してくれたわね」

友だちは得々として言う。

「ドイツ人は自分たちもそうやって買うから、他人にも寛大なの」

ここで、消費大国日本でしか暮らしたことのない私の頭に、ハタと疑問が浮かんだ。

「でも、一年探し続けてやっと見つけたテーブルクロスでしょ。次はいつ手に入るかわからないじゃない。二枚買おうとは思わなかったの？」

友だちは無言で私を睨《にら》みつけていた。

私が帰ると慌てて、緑のクロスを買いにデパートに走ったらしい。

幸運な女たち

一昨年は、パリで年を越した。

「ホテルなんて高いだけだよ。引き払って、ボクのアパルトマンに来ない？」と、フランスの青年ジャンから、実に魅力的なお誘いを受けた。

ここで悩んでしまうのが、私の情けないところである。心はあれこれ逡巡《しゅんじゅん》を繰り返し、とうとう「私は日本人です。お申し出はありがたいけど、日本的な考え方からすると、あんまりいいこととは言えないかもしれない」と、意味不明瞭《ふめいりょう》な断り方をした。

それからである。ジャンの「ジャパン・バッシング」が始まった。

日本的な考えをすべて否定する。

まず、日本の男たちを「お金と地位を手にすると必ず浮気する」と糾弾した。「そうじゃない人もいる」とも思ったが、私の父親が父親であるだけに、滅多なことは言えない。

そして「自分が結婚したら妻だけを永遠に愛する」とも言った。「フランス人がァ……?」と言い返したかったが、これも我慢した。

ジャンは二メートル近い大男である。一緒に歩くとどうしても私が三歩は遅れる。あるとき、クルッと私のほうに向き直って険しい顔で言った。

「どうしてボクの後ろを歩くんだ? 日本人だからか? 女だからか?」

私は黙って首をすくめた。

ジャンは、この無知蒙昧《もうまい》なる日本オンナを、徹底的に啓蒙《けいもう》しなければならないと考えたらしい。私はフランス人の家庭に連れて行かれた。

広いアパルトマンに、二人の子供と美人の奥さん、そして人の好さそうな旦那サマが暮らす、共働きの、それは理想的なフランス家庭だった。

旦那サマはすこぶる愛想がよかった。子供を寝かしつけてきたと思ったら、今度はコックの恰好《かっこう》をし、帽子までかぶって、これからの料理は全部自分が引き受けると言う。デザートも、コーヒーも、後片付けも、「全部」だと言う。そして私に目配せをして、「フランスの女は幸運だと思わないか?」と言った。

美人の奥さんは、いち早く居間のほうに移り、優雅にソファーに寝そべって雑誌をめくっていた。その姿には一分のすきもない。美しくあり続けるのも大変なことである。

私は日本の友だちのことを考えていた。大恋愛の末に結婚した友だちである。彼女はいま、千葉の片隅のアパートに、二人の子供とハンサムな旦那サマに囲まれて暮らしている。

「ダンさん、聞いてくださいよ」と、あるとき、旦那サマが私に訴えたことがあった。自分はぞんざいに扱われている。この間など、茶碗に前の日のご飯粒がこびりついていた、と言うのである。

「それでね、ちょっと文句言ったら、『それはアンタの茶碗で、アンタしか食べないんだから汚くない！』って言うんですよ」

それを聞きながら、妻である友だちはガハハと笑った。横の歯が一本欠けていた。一年前からずっと欠けたまんまである。

それでも、旦那サマは黙々とお給料を運び続けている。彼女をいまだに愛してさえいるようである。

日本の妻とフランスの妻、どちらが幸運か私にはわからない。どちらも私よりは幸運な気がするだけである。

違い

違いのわからぬ女である。

思えば私の悲劇のほとんどが、ここに端を発している。

たとえば「味」の違いがわからない。

いつだったか、撮影中、スタジオの食堂のまずさが問題になったことがあった。

「今日食べた牛丼なんて、口がヒンまがりそうになりましたよ」

と、ある女優さんがスタジオのおエライさんに文句を言っていた。

よせばいいのに、ここで私が口をはさんだ。

「アラ、結構おいしかったわよ。肉に紅生姜《しょうが》がなかなか合って……」

「紅生姜……？」と、女優さんはしばしキョトンとしていたが、やがてプッと笑って言った。

「いやだダンさん、あそこで紅生姜がついていたのは豚丼！」

「嗅覚《きゅうかく》」のような微妙なものになるとさらに事態は絶望的になる。イイ匂いとイヤな匂い、おいしそうな匂いとまずそうな匂い、私が自信を持って言い切れるのは、この四つだけといっていい。

ずっと以前、フランス語を習っていた。三十人ほどのクラスで、先生はフランス人の男性である。

一番前の、ドアのすぐ近くの席に好んですわる女性がいた。年のころは三十代半ば、いつも素敵なファッションに身を包んでいた。

ある日、教室に入ってこられた先生が、ヒクヒクと鼻をうごめかした。そして、その女性に向かって言った。

「マダム、香水を変えたね」

「さすが、フランス人!」と、生徒一同、うなった。私など、いたく尊敬してしまった。

フランス人というと、そういうイメージがある。ワインとか、チーズとか、香水とか、いろいろと「違い」にこだわるイメージである。どれだけ「自分が自分らしくあるか」に心を砕くから、人と同じものを安易に好きになったりしない。

先日、仕事で、パリのとある高級ブランドの本店を訪ねた。高級も高級、各国のやんごとなき方々がこぞってご愛用になっているという品を売っている。

そのブランドが、先ごろ香水を出したという。満を持して発売した自信作だと、案内の人が私にシュッシュッシュッと思い切り吹きつけた。

これが、臭かった。私にとって香水は、ほのかであればイイ匂いなのだが、ああまで主張されるとイヤな匂いに変わる。しかし、そんなことは口が裂けても言わない。なにしろ私は「違い」のわからぬ女なのであるから、黙っているに限る。

つきまとう匂いと闘いながら、やがて撮影は終わった。

「いかがでしたか」と、ニコヤカな笑みを浮かべて広報担当の女性が現れた。よどみのない英語を話し、世界を股《また》に掛けて活躍する、切れ者のパリジェンヌである。

私を送りながら、その女性は形のいい鼻をピクピクさせて何かしきりに考えている風だった。そして「したり」という顔をして私に言った。

「イッセイ・ミヤケね？」

フランス人もそう「違い」がわかるわけではないと、そのときちょっとだけ嬉《うれ》しかった。

日記のつけかた

ときどき、小学校の先生を恨めしく思うことがある。

なんで、日記には人の悪口を書くもんだと教えてくれなかったのだろう。「悪口」ではあんまりだったら「観察」でもいい。とにかく、自分のことはあまり書かずに人のことを書きなさいと、ひとこと言ってほしかった。父や父の友だちの作家連中など、当時、「観察」しておけば面白い人が私の周りにはたくさんいた。

先生は、熱心ないい先生だった。朝、日記を教卓に出しておくと、帰りには朱筆で感想が書かれて戻ってきた。子供たちはこれを励みにせっせと書いた。ごくごく「いい子」の私は、もちろん人の悪口など書かない。自分自身の反省を、綿々と書き綴《つづ》る。「もっといい子になりたい」と、毎日のように先生に訴える。

おかげで、私の小学校時代の日記はひどくつまらない。いまでもノートに十数冊残っているが、まったく読み返す気がしない。

いま、三年連用日記を愛用している。

あるとき、年の瀬の人の波に押された衝動でついつい買ってしまったものだが、これがなかなか面白かった。

一年目は、せっかく買ったのにもったいないからと、思い出したときにいい加減につけていた。小さな日記帳だったので、三行ほど記せば一日のノルマは果たせ、気も楽だった。

二年目に入って、「これは」と思い始めた。同じページの上の段には、前年の同日のことが書いてある。「誰々《だれだれ》にお年玉いくら」とか、「最後の年賀状刷り、これで何枚」とか、いい加減に書いたことが、翌年になると結構な情報になっている。

三年目が一番面白かった。上段中段下段と、三年間で、つきあう人や、物の見方、感じ方が少しずつ変わっているのが、ハッキリとわかる。

変わらないのは自分のだらしなさだけだった。「今日こそ英語学校へ行こうと思ったが、また寝坊」「またもや寝坊。ぐずぐずしているうちに夕方になり、仕事にも遅れる」「本当に、もっとちゃんと生きなければ……」と、反省、反省の日々である。読んでいて腹立たしかった。反省の日記は小学校だけでたくさんである。反省すればコトが改善されるなら、私はとっくの昔に立派な人になっている。

だんだんと日記のつけかたを覚えた。まず、反省はしない。あとで読んで恥ずかしくなりそうなことも努めて書かない。人のことを書く。なるべく身近な人がしたこと、言ったこと。できれば悪口がいい。

すると、がぜん日記が生彩を放ち始める。ひとくちに悪口というが、悪口を書くのは結構難しい。細かな人間観察が必要になる。それに、あとになって浮き彫りにされるのは、悪口を書かれたほうではなくて、書いたほうの精神状態なのである。

三年連用日記も、はや四冊目である。三年ごとにさらに書き出があるものが欲しくなるので、いま使用中の日記帳は百科事典ほども大きさがある。しかし、その重い日記帳に書かれている悪口の量は、まだまだ大したことない。

私ってなんて「いい人」なんだろうと、してはならぬ反省をたまにしている。

わんぱく時代

「わんぱく」というのが、辞書でいうところの「子供がいたずらで言うことをきかない」状態であるなら、私には残念ながら「わんぱく時代」は存在しなかった。

私は、ウルトラE難度級の「いい子」だったのだ。

それは私の幻想だとか、妄想だとか、過去を美化しているとか、凡庸な子供時代を送った兄妹は言うが、少なくとも、「いい子」になりたいという思いだけは、誰よりも強かった。

「一年の計は元旦にあり」、人生の計は小学校一年生の元日にある。その日、私は「世界で一番いい子になろう」と決意した。

朝はまだ皆が眠っているうちに起き出し、音を立てないようにそっと布団をあげた。当時、わが家にはかまどがあったのだが（もちろんガスコンロもちゃんとありました）、そのかまどに薪をくべ、ご飯を炊いた。

それだけでは足りず、ひざまずき手を合わせ、「どうぞ私をいい子にしてください」と、毎晩神様にお祈りしていた。

「なんだあの子は。宗教家にでもなるつもりかね」と、破滅型、無頼派と呼ばれた作家の父が、恐れをなしたくらいである。

几帳面《きちょうめん》もウルトラ級で、引き出しの中など、いつも整然としていた。

ある日、学校から帰って引き出しを開けてみたら、いつもと様子が違う。

「誰か私のセロテープ使った？」と家族に訊いたら、妹が死ぬほどびっくりした。

「えーっ、だって、ちゃんと返しておいたよ」

テープのカッターの向きが、いつもとほんのちょっと違っていたのである。

「一生几帳面量」というのは、きっと皆そう変わらないのだと思う。「いい子」の量にも限りがある。

「善」なるものはすべて「わんぱく」であるべき時代に使い果たして、いまの私がある。

幸福の規格

何かをねだって、父に「ダメだ」と言われたことはない。しかし、望みのものを買ってもらったことも、あまりない。いつも忘れられてしまうのである。

それでも、子供は懲りたりはしない。

あるとき、友だちの家に遊びに行ったら、勉強机の上に小さな本立てが置いてあった。教科書とノートが整然と並んでいる。羨ましかった。欲しかった。猛烈に欲しいと思った。

父が一杯機嫌のときを見計らって、上手に切り出した。子供は、そういう勘所をちゃんと心得ているものである。

父はニコニコと首肯《うなず》いた。

「本立て？　ええ、どうぞどうぞ。どんなのがいいの？」

「A子ちゃんが持ってるみたいなの！」

たちまち父の顔色が変わった。不機嫌な厳しい口調になった。

「そんな、誰だれちゃんみたいなのじゃなくて、もっと、ずっと上等を買ってあげます！」

しかし、「もっと、ずっと上等」も、結局、買ってはもらえなかった。

「先生がこう言った」と言うと、「先生が一番偉いか」、「学校があるから」と言うと、「学校が一番大事か」、父の教育は万事がそんなふうだった。

私がなんとか世間と折り合ってこられたのは、まったくもって母のおかげである。母は、父と正反対の教育信条を持っていた。

「誰だれみたいなの……」と言うと、母は納得した。「もっと、ずっと上等」を望むと、たちまち眉《まゆ》をひそめた。

平凡こそ一番、人並みが幸せと、父の後ろで懇々とさとし続けた。

「サラリーマンは、いいわねェ……」

と、私の手をひいて買い物に出ると、母は必ず溜《た》め息をついた。あたりには夕餉《ゆうげ》の香りが漂い始めている。

「毎月キチンキチンとお給料をもらえるし、退職金や年金も出るの。ボーナスっていうのもあるのよ」

しかし、母の渾身《こんしん》の努力もむなしく、わが家からはとうとう一人のサラリーマンも育たなかった。

「マイホームというような幸福の規格品を、デパートで買おうと思うな」

と、父は言った。

マイホームがデパートで売っているなら、行列してでも買えと、母に教えられた。

娘は父の勧めで女優の道を歩み、マイホームという幸福の規格からはみ出してしまった。

しかし、なぜか「まじめ」「堅実」のレッテルをべったりと貼りつけられ、役どころといえば、サラリーマンの妻、教師、キャリア・ウーマン……。たまに悪女を望んでも、一笑に付されてしまう。

こんな状況を、母はありがたく思っていないようだし、父も喜びはしなかっただろう。

ヘンシュウ者

――あとがきにかえて

十数年ぶり、二冊目のエッセイ集である。

その間、あんまり書かなかったのかというと、そういうわけでもなく、なんだかいつも締切りに苦しめられていたような気がする。

「まとめて本にしましょう」というお話も、いくつかいただいた。そのたびに、「はいはい、じゃあ、書き散らしてるものを集めておきましょう」と、安請け合いしてきた。

しかし、誠実に集める努力は、一度もなされたことがない。

ときどき、真夜中に、キリキリと胸の痛みを覚えて、飛び起きることがある。いま、この瞬間、誰《だれ》かが「ダンフミ」の藁《わら》人形に五寸釘《くぎ》を打ち込んでいる……、そんな痛みである。闇に目を凝らせば、暗い淵《ふち》から、悲しい瞳《ひとみ》で私を睨《にら》んでいる人たちがいる。みな編集者である。「ごめんなさい、ごめんなさい、ごめんなさい……」と、私はひたすらあやまる。反省する。しかし、ひとたび朝が来れば、その痛みも、反省も、星の光のように消え失せてしまうのである。

そんな私の前に登場したのが、オータニ氏であった。日本経済新聞に連載したコラムをまとめて本にしましょうとおっしゃる。

「連載分だけでは、一冊に足りないのですが……」

「はいはい」と、私は得意の安請け合いである。「じゃあ、書き散らしているものを集めておきましょう」

一週間後、オータニ氏から電話がある。

私はさえない声で応える。

「まだ、捜していません。集めたらこちらからご連絡します……」

さらに一週間後、再びオータニ氏から電話。私の声はぐっとくぐもる。「まだです。こちらから、ご連絡します」

もちろん連絡などいつまでたってもせず、再々、オータニ氏から電話が入る。私は地獄の底から出てきたような声で応える。

「だから、こちらからご連絡しますって申し上げましたでしょう」

普通の編集者は、この段階で藁人形を作り、五寸釘を買いに走るのである。しかし、オータニ氏は普通の編集者ではないから、ダンフミごときには負けない。朝な夕なに電話する、ファックスを入れる、速達を送り付ける。

「困ったなあ」とボンヤリ思っていたら、あるときから、パタッと音沙汰《おとさた》がなくなった。

これ幸いと、ノラクラを決め込んでいるうちに、三、四年、いや、四、五年が過ぎたろうか。本のことなど、きれいさっぱり忘れていたところに、突然、かのオータニ氏から電話があった。

「イヤ、しばらくよそに行っておりまして、帰ってみたら、なんとまだダンさんの本が出ていないということなので……」

それから、再び電話攻勢が始まった。朝な夕ななどというものではない。つかまらないとなると、二時間おきにかかってくるのだそうである（これは家人の証言）。

恐れ入って、一度、訊いてみたことがある。

「オータニさん、人生で、手に入れようと思って逃したものって、あります？」

オータニ氏は、ニコニコ笑って、首をかしげるばかりであった。ちなみに、奥様の心も、粘りに粘って、粘り落としたものらしい。

「よそに行っておりまして」というのは事実ではなく、オータニ流深謀遠慮であったとつい先日、明かされた。ダンフミが「書き散らしたものを集める」のをきっぱりと見限り、新たに連載が始まった日経流通新聞の「ありがとうございません」がたまっていくのを、じーっと待っていたんだそうである。

というわけで、二冊目の本である。

私がノラクラしている間に、本当に長い月日がたってしまった。拙文にご登場いただいた幾人かは亡くなり、世の中の状況もずいぶんと変わった。何か書き添えようかとも思ったが、こうやっているいまも時は流れているのだ、これは誰にも止められないのだと思い直し、ほんの少しの例外をのぞき、その時の気持ちをそのまま残すことにした。

お礼を申し上げねばならない人はたくさんいる。楽しい話題をつくってくださった方々、私を脅し励まして連載を可能にしてくださった担当編集者のみなさん……。

だが、誰よりもオータニさん。あなたなしにはこの本はできませんでした。

本当に本当に、ありがとうございません。……あれ？

一九九八、春爛漫《らんまん》

檀　ふみ

おしまいに

『N響アワー』という番組の進行役をつとめるようになって、この春で六年になる。

「クラシックにお詳しいんですねぇ」などと感心されることがたまにあるが、とんでもない。番組にかかわるまでは「ブルックナー」の名前も知らなかった。

ブルックナーの交響曲には、数々の改訂版がある。死ぬ直前まで手を入れ続けた曲もあるという。もちろん、これも番組を通じて得た知識である。

「どうして、そんなに改訂したんですかねぇ」

と、『N響アワー』の教養担当、作曲家の池辺晋一郎センセイに伺ってみる。

「うーん、自分が経験を積んだり、人から何か言われたりすると、ついつい直したいところがでてきちゃうんだろうね」

「センセイは、同じ作曲家として、その気持ちおわかりになります?」

「ボクは、直さない。あとから気になっても、『だって、そのときはそういうふうに思ったんだから』って考える」

こうして『ありがとうございません』が文庫本として新しい命を与えられることになると、

たいへん僭越ではあるが、ブルックナーのように「直す」か、それとも池辺晋一郎をまねて「直さぬ」かという悩みが、再び生じてきた。

なにしろ、十年前に書いた文章も入っているのである。十年一昔というが、このごろはそのサイクルが、もっとずっと短くなっているに違いない。ポケベルのことを、書いたと思ったら、あっという間に前世紀の遺物となってしまった。

結論は、単行本にまとめたときと同じである。

「だって、そのときはそうだったんだもん」と、基本的には池辺流を採用することにした。それでも、どうしても一言書き添えたいところ、気になるところがあって、そういう場合のみブルックナーにならった。

南伸坊さんには、二十年さかのぼってもここまでは……というような可愛らしいダンフミを描いていただいた。お気に入りのこの子（本）がますます愛しくなった。

幻冬舎の工藤さんは、怠け者の私に「あーあ」と溜め息をつかせることなく仕事をさせる、不思議な力を持っている。おかげで私は、今日も徹夜である。

本当に本当に、ありがとうございま……………した！

二十一世紀最初の桜を待ちながら……

檀　ふみ

解説――「檀ふみ如水」

野坂昭如

自分の口にした、また、文字にした言葉が、きちんと伝えるべき相手に、伝わっているかどうか、しゃべりながら、筆を持ちつつ、常に、不安、とりとめのない感じを抱くのが、人の常だろうと考える。

檀ふみのエッセイは、この、表現についての当然を、自らわきまえ、わきまえなければ陥入る押しつけがましさの弊とまったく無縁。

唯我独尊にあぐらをかいて、森羅万象につき、自分の観かたをあけすけに述べる立場がいけないとは思わぬ。

内にひきこもり、くよくよぶりも、思わせぶりをちらつかせるのも、いっそ自らを低みにおいて、世間を恨みそねみねたんでみせるのもけっこう。

檀ふみの文章に、こういった偏《カタ》よりはない。

おっとりしていながら辛辣《しんらつ》とか、やさしそうにみえて、実は皮肉そのもの、とぼけた感じでいながら、よく視ているといった、エッセイについての評言、常套句《じょうとうく》がある。あるいは、あからさまな場合は別に、さりげなく記された書き手の発見、見方に感じ入り、賞揚するテも解説の月次み。いちばん楽なのは、それぞれの、こしかたを、かなり嘘まじりにしろ、縷々《るる》つゞった文章、また、業界人の見聞記で、これには感心してりゃいい。

檀ふみのエッセイに、これは使い難い。

「丈けが高い」という、便利な言葉があって、これには、品が良い、視線が高く、目配りが行き届いている、自らの立つ基盤にゆるぎがない、片言隻句おろそかにしていない、なんて意味なのだろう。これも当てはまらない、うっかりすると、著者の体型について触れているのかと、間違われかねず、事実、檀ふみは、日本人女性の平均より十センチは高い。

クレッチマーほどの粗雑さじゃなく、体型と、性格はともかく、表現されることの関係は、物書きなら、誰でも、かなり自分を納得させるために、眠れぬ夜、よく考えるものだが、檀ふみの場合、ちょっとこれで解説してみたくなる気持もある。

文章にしろ、しゃべるにしろ、結局、生身の体が発するもので、いかに脳の所産といったって、この束縛からは逃れられない。

背の高さにこだわりはしないが、檀ふみのエッセイについて、まさに管見を披瀝《ひれき》するなら、その底に流れるものは、自らの足場の、あやふやさとはいわないが、ぎこちなさとも決めつけない、本来なら、とうの昔にふりすてて当然の、とりとめなさの、ひょいと浮かび上って、当人が当惑している、と同時に、ただ字面を追えば、愛嬌たっぷり、サーヴィス横溢《おういつ》、その底に、あやふやとうらはらの不屈な魂、陽気さが、アナーキに居座っている。日本で「はかない」といえば、あわれとほゞ同義に受けとられてしまうが、そんなかわいそうなものじゃなく、いっそ、「檀ふみのはかなさ」と、あたらしい比喩ができていいほど、きわ立っていて、普遍性を有する。

およそ、料理の味について、言葉で、他人に伝えることほどむつかしいものはない。何についてもいえるだろうが、味わいの表現は至難のわざ、また、語彙《ごい》もきわめて乏しいし、その言葉のもつ歴史伝統はいい加減、「うまい」か「まずい」か、しかも、食べる立場によって千差万別。

檀ふみの文章は、食いものに似ている、どんな風におもしろいとか、へーえ、檀ふみはこういう人なのかとか、人生について考え方が変ったとか、まあ、そう読む方もいらっしゃるだろうが、文章の方からこう読めと、いささかも押しつけてこない。さらさら気楽に流し込んで、肩の凝らない暇つぶしでも良いわけだが、多分、読者それぞれに、少くとも一行の、書き手の気持が、泌《し》みこむ。善い酒は水の如しなんていう。泥酔だけが目的で飲むぼくには、酒の善し悪しなど判らないが、この一書に納められた文字は、強いていえば「如水」。

実をいうと、ぼくは、文庫解説者として、ふさわしくない。つまり、ほんの二、三度しか会ってないし、会っている時、いつもこっちは酔っ張らっているのだが、惚れてしまった。

物書きが、惚れゝば、健全な精神の持主より、かなり歪《いび》つな思いこみをしてしまうもので、檀ふみの、さりげない言葉の流れに、ハラハラと落涙、そのひっかゝえる、あるいは拠って立つ基盤の、はかなさは万人に共通するものだが、檀ふみが、まだ、逃げないで、逃げられないで、大袈裟にいえば、すくんでいるなど考え、解説よりも、檀ふみを書きたくなってしまう。けだし、文字を書ける歳に至って、なお虚無をひっかゝえている、いちおう女性といっておくが、人間は、当節、いやいつの時代も稀有《けう》である。

ぼくより少し高い位置にある、檀ふみの、美しい顔は、いつも暗がりのなかで、静かに笑っている。水のように——。

——作家

この作品は一九九八年六月日本経済新聞社より刊行されたものです。

ありがとうございません

檀《だん》ふみ

平成13年4月25日　初版発行
平成17年12月10日　14版発行

発行者――見城徹
発行所――株式会社幻冬舎
〒151-0051東京都渋谷区千駄ヶ谷4-9-7
電話　03(5411)6222(営業)
　　　03(5411)6211(編集)
　振替00120-8-767643
印刷・製本―株式会社 光邦
装丁者――高橋雅之

幻冬舎文庫

ISBN4-344-40096-8　C0195　た-14-1